幽深之花 YOUSHEN ZHI HUA

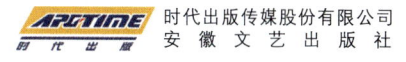

时代出版传媒股份有限公司
安徽文艺出版社

作者简介：

洪放，桐城人，中国作协会员，安徽省作协副主席。主要创作小说、散文。现居合肥。

插　　画：

石兰，国家一级美术师，中国美术家协会会员，安徽省文史研究馆馆员，安庆师范大学教授，马鞍山学院艺术设计学院教授。

幽深之花

YOUSHEN ZHI HUA

洪放◎著

时代出版传媒股份有限公司
安徽文艺出版社

图书在版编目（CIP）数据

幽深之花/洪放著.—合肥：安徽文艺出版社，2023.10
ISBN 978-7-5396-7776-7

Ⅰ．①幽… Ⅱ．①洪… Ⅲ．①散文集－中国－当代 Ⅳ．①I267

中国国家版本馆CIP数据核字(2023)第094294号

出 版 人：姚 巍
责任编辑：韩 露 周 丽　　　　装帧设计：徐 睿

出版发行：安徽文艺出版社　　www.awpub.com
地　　址：合肥市翡翠路1118号　邮政编码：230071
营 销 部：(0551)63533889
印　　制：安徽新华印刷股份有限公司 (0551)65859551

开本：880×1230　1/32　印张：7.625　字数：180千字
版次：2023年10月第1版
印次：2023年10月第1次印刷
定价：59.00元(精装)

（如发现印装质量问题，影响阅读，请与出版社联系调换）

版权所有，侵权必究

序

洪放闻而志之

一

桐城,庐江,合肥。夹竹桃,悬铃木,合欢,丁香。山道,禅寺,村庄,圩田。野史,故事,诗歌,小说。桐城人洪放,闻而志之,行走,观察,体验,思索,遂有了这部《幽深之花》。

二

读完上半部,我的眼前恍惚闪现出一个人的侧影。

他着长衫,一根长辫甩在身后。身形瘦削,性情倔强,以诗才自负,胡须微微上翘。他用食指和无名指轻轻捋着胡须沉吟的时候,是在构思流传千古的文章。他表情深沉,面目凝重,只因很早就立下想写一部如《史记》那样大部头的宏愿,他毕生为此而求索。江湖之上,他的身影如一片苇叶般轻盈,游燕赵、齐鲁、苏浙闽等地,经年访问求证,竭尽全力搜求明代逸事。他终于实现了理想,却以生命的陨落为代价。一本《南山集》令他文名播于天下,同时引来了杀身之祸。

这个侧影,便是安徽桐城才子戴名世。公元1713年,戴名世被腰斩,遭"南山案"牵连入狱、灭族、流放者,达数百人。我曾在《如鹤》一文中写袁枚,开篇以"汪景祺的头颅"引出。文字狱的悲剧先行登场,为日后袁枚半隐于随园埋下合理的伏笔。

"南山案"过去300多年了,桐城作家洪放来到戴名世的墓前,与前辈直面相视,驻足、凭吊、祭拜。两个以文立世的人,阴阳相隔,惺惺相惜。洪放并未因自己深沉的痛处惋惜和无尽的感慨而写下长篇,而是相当节制地,以诗人的口吻,留下名为《戴名世墓地》的千字文。像是为这方墓地做一个注解,"墓地因为被修葺,时光之感和疼痛之意近乎消失。半新的碑,不比荒草更有年代感"。

洪放试着穿越时空,置身于当年的刑场——"这个疼痛之人!当刀锋进入脊梁,寒冷一如斜阳,他那一刻所能想到的所能忆起的,一定不是故乡,不是前程,不是《南山集》,更不是书卷。我无由地觉得:他只会想到天空,想到高远的秋天,那些从砂子岗飞过的雁阵。"当绝望与哀伤到达了顶点,洪放将之指向秋季高远的天空。像是默片结尾的空镜,以巨大的空虚隐喻极端的情感。

由此,这篇短文的重量,戴名世这个名字散发出的气场,显然超过了所有出现的人物,连后文中的赵匡胤和赵光义这对皇帝兄弟都无法与之抗衡。我相信,这是语言与思想的力量,在刺痛某种东西的时候,准确,锐利,持久。

洪放是懂得把握文字与情感节奏的,他以诗人、小说家的身份闯进散文的领域,闲庭信步,游刃有余,却相当节制,文章只露冰山一角,而水面之下的庞大的山体,请读者自己去潜泳,用想象力去窥探。

三

《幽深之花》读到后半部,又一个身影出现——亚先生。

像是一部小说的典型人物,亚先生最早出现于《野史》一文中,"栀子沟流了上百年。亚先生捻着胡须。对于村庄来说,栀子沟就是历史,亚先生就是历史"。

后来,亚先生又厕身于《梅雨》中。"梅雨中间,总有一两天有阳光的日子。亚先生将黑漆的小箱子拎到场子上,将里面的书一本本地拿出来,放在板凳上。阳光晒在书页上,亚先生问:'听见声音了么?'我说:'听见书页里那些字醒来的声音了。'亚先生望着我,点点头。

再后来,《白露》一文中又见到了亚先生:"清晨,亚先生背着双手,从村子南头走到北头,又从村外田畈的北头走到南头。走完了,他长长地叹了口气,说:'又是一秋了!'

亚先生最后一次出现,是在《大旱》中:"这一年,到了六月,稻子开始灌浆。天忽然高远了。高过了所有的六月。亚先生站在村头的高台上,忽然也高远了。高远着说:'天干了。'这一年,果真就天干了。"

亚先生应该是洪放村庄里著名的有思想智慧的先生。阅读的过程,我像是行走于作者故乡的田间地头,时间与空间巧妙折叠,时不时地就会碰见亚先生。亚先生背着手,沉默寡言,时常做出常人不理解的举动,但亚先生一开口,必定语出惊人。而对于亚先生的话,哪怕只言片语,村里人也是不敢忽视的。

亚先生这个人物,是擅长小说写作的洪放在这本集子中埋下的一条线,令一篇篇小文的气息欲断还连。这个人物的闪烁,令整部书的气氛扑朔迷离。洪放笔下的江南乡村,潮湿、隐晦、幽深,总有一些秘密被藏匿着,而从亚先生的口中或肢体语言中,我们对事物的本质略知一二。

通常,亚先生这样的典型人物,是乡村散文的魅力所在。我猜测,洪放用这一形象,似乎在对抗着什么,或许是城市,城市的无所畏惧与坚硬;或许是未来,亚先生是活在过去的人,而所有关于未来的答案,在过去都能找得到。这是亚先生的理论,自然也是洪放的观点。

中国许多乡村绵延千年,除了它们顽强自然生长外,乡村的智者也是乡村发展的有力推动者,进士村里一定有一个培育读书种子的智者,孝义庄孝义村中也一定有心怀大善者引领。如此说来,洪放笔下的亚先生就具有一定的普遍性,正是有那样一群人,我们的乡村才会活跃生动起来。

四

于是,乡村,就是令洪放最魂牵梦萦的地方了。一踏上这方土地,作者就显得忧郁而多情,连语言也带有南方巷子里幽暗的潮湿。比如:

他的皱纹掉进了水里,一晃一晃;木槿花先于黄昏,缓慢而有层次地进入了暮霭;油菜花正害羞,犹如十二三岁的女孩子极力压迫着细微而脆生的胸部;火车过后,空荡的铁轨上,到处浮动着小弟那早逝的苍白而细瘦的目光;一场大雨,水蛇获得了锋利,旅途获得了淋漓。夹竹桃与合欢,将身体夹紧;南方梅雨季节一到,烟水的气息里,纺车整夜不停。长长的黑白相间的带子,飘在巷子里,仿佛一根根枯瘦的手指,想抓住风、月、光、露水、鸟鸣与她养在烟火里的卑微内心……

自然,这些语言都极好,有文采,有思想,有趣味。

洪放的乡村,是江南的乡村,一切都指向人物的命运,木槿和异乡的说书人、夜行火车和壮年陨落的弟弟、淮河流水上那艘拖驳上的男人和女人、某一个夜晚在南方的桐花下猛然闻见了祖母的气息……悲悯的情感无处不在。令人印象最深的是,"那个身材瘦小的女人将一盆水泼洒在用破缸养着的那盆兰草花上",作者仅用了一句话就概括了她的悲惨命运——十几岁时嫁为人妇,不育,被弃,一直居在村中巷子里,直到老死!

语言精准地附着于他所要叙述的内容,虽简,却含蓄、内敛,这是中国散文之正宗小品,含金量十足。

归根结底,洪放的叙述,注意力对于乡间草木的停驻,春雪、野花、雁鸣,诸多的意象,无非是想引出一个个烟火人间的灵魂,一个个在幽暗之中沉寂下去的平凡人物。到底是写小说的,洪放的关注点和叙述的焦点始终是人,却以植物、铁轨、风物的面貌呈现。多少次欲拒还迎、欲言又止,令他的散文呈现出别样的面貌。这种陌生感,正是长期专注散文写作的人所苦苦寻觅的。所谓别开生面,我以为便是如洪放这般。

五

这部《幽深之书》,还令我称羡的,是洪放节奏的控制,相当自律,却又意象十足,就如一个富翁,衣着虽然朴素,却有一种无法掩盖的气质。如《竹子开花》,全文仅200字,洪放像是设置了一个谜题——"有一种植物开花,却是越走越短的路、越晒越低的日头。"谜底,正明晃晃地公布在标题之中。还有《楚》一文的层层自然引伸,虽字字惜金,却张力巨大。

或许,诗人都是野心家,他们有着为庸常事物命名的本事和冲动。一经他们的眼睛望出去,一经他们的笔端流出来,世界便是另一番面貌。在这片土地上周而复始地生活着的人类,是多么渴望这种新奇的角度。我以为,洪放的这种表达自律的节奏,并不是词穷,而是一种凝练语言的本事,它缘于诗人的功底。

而《存史或者废弃——关于古镇三河的桥》一文,洪放竟然用了长达30面的篇幅,写了三河古镇的桥。沈家桥,马氏桥,油坊桥,木鹅桥,无蚊桥,二龙桥,从古写到今,史料翔实,节奏跌宕,称得上是浩瀚。在这里,桥,已经不是地理上的概念,而成为一种文化身份的象征。30面的篇幅,生动的故事之间相互勾连,丝毫不觉得冗长。

赏完《幽深之花》,繁花无限,各呈花姿,我有一种想要阅读他小说的冲动。我想看他如何在诗歌的意象之美、散文的语言之美和小说的叙事之美中间自由地切换。

洪放闻而志之,《秘书长》《百花井》《追风》《先生的课堂》,以及《幽深之花》,如灿烂的鲜花,次第盛开。

布衣一家言,聊作序。

陆春祥

癸卯早秋富春庄

(陆春祥:中国散文学会副会长、鲁迅文学奖得主)

序　洪放闻而志之　陆春祥／1

第一辑　幽深之花

旧码头／3

幽深之花／4

黄昏的哨声／5

桐花落／6

新萤／7

长夏至／8

漠漠水田／10

木槿和异乡的说唱人／11

红花草／12

夜行火车／13

戴名世墓地／14

夹竹桃与合欢／15

隐花与不隐的果／16

鸟声 / 20

三冲 / 22

树眼 / 24

那烟火中的人啊！/ 26

汉服与簪缨 / 28

板栗园里的花 / 30

浮山道上 / 34

汽渡 / 36

圩 / 38

周瑜与小乔巷 / 40

冶父山与禅寺 / 42

池塘 / 44

雨中雕塑 / 46

虹桥站 / 48

中元节与苦麻菜 / 49

悬铃木 / 53

打开 / 55

丁香 / 57

小丰禅寺 / 59

青桐 / 61

响堂 / 63

合欢 / 65

秋风都是从往日吹过来的 / 67

采薇 / 71

寒露 / 73

吴山镇 / 75

至味 / 77

廓大 / 79

临淮镇与野秋葵 / 81

港口 / 83

稻子与鱼 / 87

四仰八叉 / 88

慢的雨 / 90

土壤 / 92

酒后,小雪日 / 94

旧作 / 95

消失的时间 / 96

凌晨的天穹 / 98

幽冥(一) / 100

歌者 / 102

往南还是往北 / 104

净土莲社 / 106

序章 / 108

春雪 / 110

幽冥(二) / 112

恍惚 / 114

野花 / 116

雁鸣 / 118

倒影 / 120

走马岭 / 122

午后 / 126

野史 / 128

梅雨 / 130

鸣蝉 / 132

故事 / 134

雨 / 136

大院 / 138

今秋的情节已无奇可待 / 140

白露 / 142

韭花 / 144

带刺的花 / 146

寺中花 / 148

楚 / 150

清澈 / 152

大旱 / 153

竹子开花 / 157

逝川 / 158

小学校 / 160

鱼刺 / 162

缓慢 / 163

当金山口 / 167

我想把人间唱遍 / 168

写作者(一) / 170

写作者(二) / 172

第二辑 存史或者废弃

存史或者废弃——关于古镇三河的桥 / 175

元四章 / 205

合肥:淮右襟喉,江南唇齿 / 222

第一辑

幽深之花

旧 码 头

一丛草划过旧码头边的同样陈旧的石头。我用的是"陈旧",那是缘于流水印迹的提醒。流水的印迹在石头上呈现出三种不同的叙述镜像。那种稍浅些的,应该是青灰色。犹如一个被流水拍打久了的额头,早晨一醒来,就有了青色偏灰的印记。而这只是穿在外面的袍子,那里面的小袄子是橙色的。有些力道地拍打,一寸寸地进入了石头的深处。那些印记便开始发黄,开始由黄而橙,甚至散发出酸涩的时光气味。当然,这并不是最后。那些深藏在骨骼之中的,是黧黑色。然而,你看见的却是同石头肌理一般的青冈色。

那种浑然一体,会使你停留下来,然后伸出手。石头慢慢地接纳这只手,突然,一下子被一滴站立的水击中。

其实有很多的水。过往那些来来往往的步子,行人的影像,一朵从上游漂下来的硕大的蓝色花朵……旧码头延续了几百年。除了水,没有什么能够让这些石头一直等在这里。

它不可能记得属于过往者的时光。

但是,我却忘情于它的水漫的印迹。一抬头,夕阳也回到了山后。我听见骨骼响动和往前伸展的声音。收回目光,那水面正往旧码头上缓缓移动。像莲步,又像小猫在暗中窥视的心。

幽深之花

不可企及之处。幽深之花。我是说往年,那些被黄土遮掩,被石头垒砌的。我称他们为亲人。

我一直如此认为。

行走在这近百米的地下,阳光已属于另外一个世界。我忽然就想到:从前村庄上的那些人呢?他们是不是正在这里?

他们或蹲或站,或走或停。他们或倚在墙角喝粥,或扶壁相看。他们手里还有村庄上稻花的气味。漫长的南方岁月,进入这时而阔大时而逼仄的溶洞之中。他们因此都成了花朵。幽深之花。我从前的村庄啊!我从前的亲人!

我看见鸟。老枫树上的那一对鸟。还有井。纺车正安置在月光之下,枣树、梨树、桃树、鸡、鸭、鱼、狗、猫、最小的蛤蟆……都开成花了。我怎么能想象得到:这一个世界正以更加生动的姿态,回到我的目光与凝望之中?

我想喊他们的名字,我想握住他们。

我甚至看见自己也成为他们中的一员。我甚至想:这幽深之花,最终消解了所有的尘世苦难!

黄昏的哨声

阔大的芭蕉撑开黄昏,穿过长岭、葛湾,然后是一方陈年的墙壁。上面留着五十年前的标语。在标语之后,似乎有扇半掩的木门。漆黑。厚重。然而却推不开。更多的黄昏被阻挡在木门之后。我们所能看见的,只是芭蕉留住的那一小段一小段的岁月。

雨水在往年的黄昏落下。而今年,持续的干旱让南方陷入苍老。我却看见背后山上渐渐涌动起来的雨雾。

那些雨雾变幻着。我听见哨声。从前我经过这里去往更深的山里,我记得那路边墙角的蓝色野花。还有那些被我们称为诗歌的呓语。当然,更加让我心疼的是那个被打了红色勾勾的名字——我一直难以忘记那个名字后面的面孔,和他过早黯淡的青春与爱情。

这些都被哨声演绎。

黄昏的哨声。南方山地曲折而宁静。我停下来,面对这方陈年的墙壁,想象雨水打在上面的清冷。

我离开时,木门后仿佛闪过一个身影——幽暗的光打在上面,很快便成了芭蕉的一部分。

桐　花　落

忽明忽暗的雨水将低矮的南方山地冲洗了一遍,阳光一出来,油桐花乍现出近乎绝望的爱情,然后,它落了。

桐花落,那些淡淡的清香,被雨水早已收走。如今,它仍是淡黄的花蕊,揣着一抹阳光的恣意。倘若这时起身到老坟头上,一只黑色的鸟儿往往在桐花之上停留。没人驱赶它,或许那是刚刚逝去的村庄上的人的魂灵。

南方诸多的花朵中,只有桐花是一种能让人看着却从没有人采摘的花。事实上,它有种洁净的美好。当然也有种幽明的气息。

于是,桐花落时,人们依然在阡陌之间劳作。那些经受过清明烟火的桐花,一落下来便消逝无踪。土地让它以最快的速度回到深处。而深处,往往是——那些早已被忘记了的名字。

然后不久,桐果。桐油。桐花走进了江水,成为舟,成为桨,成为各种器物上的最坚实的追随者和保护者。然而并没有人想起桐花。

细细回想起来,也就是天亮时分,当桐油抹上逝者的棺木,村庄上的人一下子闻见了桐花的气息,幽幽的,浮动着,如同逝者的眼神……

新　萤

萤有灵性。乡下四月,夜露滴答。阡陌小道,新萤初发。我特别喜欢古人所用的"新发"二字。许多事物的出现,都简单地用了"出现"或者"发生",然而,萤之始出,便用"新发"。其中意味,让人久久咀嚼。白乐天曾有诗:"一声早蝉发,数点新萤度。"他用了"度"字,也是一样的高妙。古人炼字,究竟是到了工夫。犹如山间竹杪,高处探风,尽得风流。

不过,真正的乡下流萤,或许并不如此想象。萤生萤灭,也恰如这尘世一遭。事实上,萤的生命之短暂,甚至连悲伤的时间也没有。它们飞翔在林间草地,点亮黑暗,追求爱情,读懂人世间的尘埃中无声的叹息。

新萤初发,长夏至矣!

长夏一至,万物葳蕤。所有的事物均开始向上。可是,面对新萤,它们缘窗而去,或者没入流水,即使如白乐天者,是不是也惊悚地看见:万物繁茂的背后,那盛大而无边的死亡?

南宋叶梦得写道:"新月挂林梢,暗水鸣枯沼。时见疏星落画檐,几点流萤小。"他说的小,似乎是单纯的摹写形态。回过头来一想:在新萤眼中,它何曾见识过人世的繁华?而那繁华,于它又有何干?

长 夏 至

雨是在黄昏开始落下的。雨丝绵长,从草房子的檐上清浅而下,眉眼生动,好似在看着你。而你也正在看着她。门槛光滑,屋内是黏土屋基。这是堂屋,一群半大的小鸡,逃过了端午,现在正欢快地啄着彼此的羽毛。

整个屋子都是静的。长夏来了。

南方的河流此时才真正地发动了。后院里的猫,开始从叫春变成了微微拖着小腹。早年的纺车还架在偏房里,只是上面都积满了灰尘。那个坐在纺车前的人早就走了,但纺车前还是有一股幽冥的气息。这气息与这长夏至的绵长糅合到了一块,就像一只青团。然后被这黄昏的雨水一淋,青团慢慢地生发出香气,生发出个头,生发出骨骼。

农事渐紧。蛙鼓更紧。在雨水的那边,准备出远门的人,正站在檐下。

雨水带着他开始行走。长夏时日,他的心里一点底也没有。除了这庄子,他从不知哪里会让他稳妥。堂屋的桌子,端午饮剩的酒还在。半人高的艾蒿却已的的确确地枯黄了。

枯黄了的艾蒿有醇厚气息。而新鲜的艾蒿却更多是辛辣气息。

雨很快就停了。雨来,只是赶这长夏至的趟子。不过它造成的那些小小的池塘,现在却正盛满了一年中最长的天光。

漠 漠 水 田

只有春水浸润的水田才能算作是漠漠水田。那种透明的与天与地浑然一体的阔大的镜子,虽然被田泥给俏皮地分割得大大小小、极不规则,但是,田泥在水之下,互相交织,亲吻,促膝。白鹭真的飞过了,影子从镜面上划出波纹。

一切都与秋天迥然不同。秋天的高远,现在是密密地往下低。低到了春水里,低进了泥土里。

有人从田埂上经过。他弯下腰,试了下水。水有些冷。他的皱纹掉进了水里,一晃一晃。他又将手伸进水的深处。于是他触摸到了田泥。

湿软。经过了一个冬天,田泥像大姑娘似的,在他的手掌心里羞涩又暗含着浅浅的萌动。他抬头看天。一架飞机刚刚飞过去,长长的喷气留下的白色长带,束在天空之上。而那些白鹭,停在不远处的老坟的油桐树上。

其实,他清楚这漠漠水田里还有着许多跟他一样在动着心思的活物。细小的蛙,更细小的虫子,水草中的银白的小鱼,还有去年曾被他一再看过的那条青花的长蛇……

节令改变一切。水田这巨大的镜子,照着南方寥廓春天前的最后片刻的静寂!

木槿和异乡的说唱人

木槿花先于黄昏,缓慢而有层次地进入了暮霭。当南方大地长夏的夕晖,如同一匹终将逝去的流水,木槿安然沉静。它的花朵开始藏进浓密的枝叶。远望,单朵的木槿花很容易被忽略。而在乡间生活了许多年,我几乎不曾注视过单朵的木槿花。它们一出现便是一大堆一大堆。我用"堆"来形容它们,眼前便幻出它们的清素的繁复。它甚至趋向于丧事般的素白。连同它微微的辛辣的气味。人们走过用木槿扎成的篱笆,总是侧着身。木槿将菜地与行人的道路分开。人们更多地注视的是菜地,或者菜地那边田埂上正走过来的异乡说唱艺人。

说唱艺人走过田埂,来到木槿扎成的篱笆前。他顺手拉过一朵木槿,没有摘,只是凑近闻了闻。他说:"这无穷的辛辣啊!"乡村上的人并不理解。乡村上的人给他水,给他米,给他堂屋里昏黄的灯盏,给他那沙哑的嗓子以泪水的应和,给他那陈年的牛皮鼓以高亢的节奏,给他忽然从漫长的情节中掐断嗓音和鼓声以满怀虔诚的静守……

那一夜,木槿从篱笆上起身。它们三五成群地挤在门外。

直到异乡说唱人离开这南方的栀子河,木槿依然回到黄昏。只是它辛辣的气味里,有了缓慢而有层次地进入黄昏的爱情。

红　花　草

那些铁锈般的水！那些铁锈般的泥！四月,清明刚过,鹧鸪飞来,水田里的蛇开始活动身子。铁锈漫延,近处的祖坟上桐花正盛开。

远处,油菜花正害羞,犹如十二三岁的女孩子极力压迫着细微而脆生的胸部。她们还得等上半个月,才能成为南方田野的主角。现在是红花草。红花草紧密地挨在一起,放蜂人前天从田边经过时留下的那一小块蜂蜜,此刻正散发出清甜。一些蚂蚁被吸引,它们缘着红花草上的根、茎、叶,一直爬到蜂蜜上。然而,它们很快发现它们被无边的红花草包围了。红花草下面是潮湿的泥土,在泥土里,一些掠食蚂蚁的更大的昆虫正在潜伏。

只有那个从上海来的下放学生(原谅我,"下放学生"这个称呼,已经不为当下的人知道),她仰面躺在红花草之中。她刚刚经过了一场失恋,然而,她近乎苍茫与献身似的爱上了小学校里的那个民办老师。她仰面躺在红花草丛中时,她绝不会想到:若干年后,她在上海的喧嚣与广大里,那个衣服上染着红墨水的民办老师,正安静地被沾着红花草籽的泥土覆盖。

夜 行 火 车

从前是 11 点 18 分。夜行火车通过南方的岗地。灯光分开铁道旁村庄的影子与树木的影子还有忽然闪过的池塘的影子。

现在是 11 点 45 分。夜行火车通过南方的岗地。灯光分开荒芜的土地分开生着锈迹的门锁分开沉寂的发出死亡气息的池塘。

而这一切,对于我来说都只是表象。从前,夜行火车通过南方的岗地,我想起这是向北的火车,小弟正在那火车上来回巡视。他是出色的铁路工作者。而现在,我只觉出那是一列空荡的火车,空荡地驶向北方。而火车过后,空荡的铁轨上,到处浮动着小弟那早逝的苍白而细瘦的目光。

戴名世墓地

油茶竟然与墓地相互贴切,被砍伐了的松树林,如今只剩下一些低矮的小老树。墓地因为被修葺,时光之感和疼痛之意近乎消失。半新的碑,不比荒草更有年代感。而我更想看见的其实是沉在泥土下的那个人,那个半截之躯。那个曾在诗文里一再想象回到砚庄的不羁的文人,小吏,私塾先生,以花甲之年获得功名者、最终的文字狱受害者,被腰斩者……如今在大大小小的书里,他活成了铅字,却没有青草与苔藓之生动。

这个疼痛之人!当刀锋进入脊梁,寒冷一如斜阳,他那一刻所能想到的所能忆起的,一定不是故乡,不是前程,不是《南山集》,更不是书卷。我无由地觉得:他只会想到天空,想到高远的秋天,那些从砂子岗飞过的雁阵。

这是对的。历史从不回头。我站在戴名世墓地前,四野空寂。我想祭拜,却感觉仪式充满嘲讽。事实上,我连这墓地边的黄土深浅都不清楚,我能祭拜的,也许只是一种自我的标榜甚或丝毫不顾及墓中人感受的皈依。

离开墓地,进入砚庄。村人让我看那塘水,说戴名世被腰斩后,族人惧怕,纷纷投塘自尽。我看过正史,此说自然不可靠。但我信了。我点头,并且抬眼看夕阳。塘中菖蒲,苍劲凛然,却被一塘的水按下了它们高举的青翠之剑。

夹竹桃与合欢

G4212像一条水蛇,滑过江淮之间这一片栽满各种植物、坟墓、村庄与池塘的大地。当它一进入桐城境内,夹竹桃和合欢便迎上来。我从来没有想过它们之间的缘分。一个旅途中的人,一条滑行中的蛇,他(它)们究竟怎样面对了红色、白色的成群的夹竹桃和张开羽扇翕动着清甜空气的合欢?

夹竹桃的繁密与合欢的细致,被无穷的其他树木所衬托。然而,它们依然独立出来。再复杂的眼神中,也依然有纯洁所在。再绮丽的脂粉里,也还存着天真。它们独立打苞、开放,从五月到九月,长过夏天,一直抵达万物凋零的眉睫。它们注视,沉默,或者以注视与沉默诠释了它们对江淮之间的互相绾结的死与成长。

一场大雨。水蛇获得了锋利,旅途获得了淋漓。夹竹桃与合欢,将身体夹紧。这让我想起早年村庄上那个唱夜歌的女子。她来去无踪,却让歌声长久地萦绕在炊烟之上。人们说那歌声有毒。然而,那女子是美的。美的事物皆是有毒的事物。美本身或许就是一种毒、一种蛊。夹竹桃和合欢,在雨后明净的阳光里一下子爆裂。犹如歌声中最裂帛的那一部分。

那也是最有毒的一部分。我们脆弱的人生,注定得小心翼翼地绕开它。

隐花与不隐的果

　　植物比人更加丰富。当然,并非是指人心。人心之叵测,早已将纯净纯洁的植物甩开了一百二十八条街道。我是指单纯的种类与生长气象。

　　比如隐花。很多植物的花令人欣喜。那些高举着的花,低垂着的花,旁逸着的花,直刺着的花;水晶般的花,纸片般的花,青草般的花,少女般的花;太阳般的花,月亮般的花,溪水般的花,飞瀑般的花……凡是花,皆有其美。凡是美,皆有其可爱。然而,有些植物,你相看经年,却从未见其着花。花呢?

　　隐花。花隐藏在花之中。桐城相府后墙上那一丛薜荔,开的花就是隐花。我从那巷子中少说也走了二三十年。薜荔如同一张常绿的脸,一直贴在山墙上。我也曾一次次地想揭开那张脸,看看它的古老的表情。毕竟是相府,很多年了,时光一定不会随着那些被拆除的建筑一块消失。时光总留有印迹。薜荔便是。薜荔收留了漫漶的时光——相府里从前的笑、哭、歌和逝去。我还有一次专门进到院里,想看看墙那边的薜荔的脸的侧影。可是奇怪,我找了半天,连墙都没找着。那时正是下午。一切静得让人心虚。过于静的空间,往往便有幽冥之意。我只好回转了。

　　但薜荔一定不过问这些。它有隐花。细小,却精密完整。

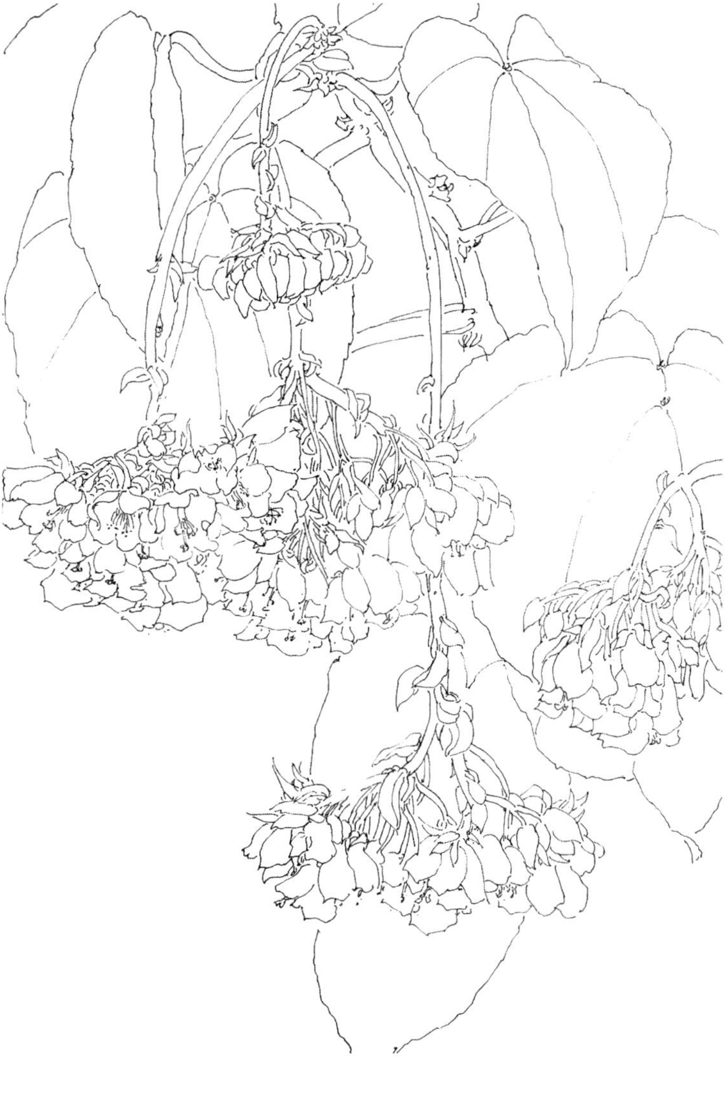

更重要的,有一天半下午,我经过后墙,猛然被薜荔叶中的青果给击中。薜荔居然也有果实,这便不得不使我回过头来想象它的花朵。于是知道隐花。同时,我明了了植物隐花却并不隐果实。

那天看过薜荔果后,我经过六尺巷。恍然觉得这巷子或许就是韬光养晦的隐花,只是人心再韬光养晦,也比不了一株薜荔的长久。

鸟　　声

　　四点钟,天一片漆黑,鸟声却传来了。从屋后的竹林深处,鸟声缘着竹叶上的清露,沁到了屋子里。我睁着眼听。鸟声竟然也是含着一丝丝朦胧。它们也还刚刚从梦里醒来,不过,与人不同的是:它们在梦里想到了什么,或者看见了什么;因此,它们立即醒来,就用叫声去寻找什么。

　　先是短浅的一两声叫,声音有些沙哑。应该是只雄鸟吧?想象得出来,它立在树头上,头顶上夜色如墨,身边竹叶摇动,它闪亮的眼睛望着远处。它没得到另外的目光的回应。于是,它又长长地叫了三声。这一回,声音曳出了竹林。然后,是静默。

　　我有些急了。

　　那只雄鸟却不急。四点钟的南方大地,每一秒钟都有新的醒来,也都有新的故去。它在长叫了三声后,又浑然成了天地的一部分。而我,却还在想象着,想象着那远途而来的人,不,是远途而来的鸟。那只鸟披着雾气,擦破黑夜,向刚才的三声鸟鸣溯游过来。

　　终于,到了。到了!

　　是三声清亮的鸟叫。接着,又是三声长长的充满着欣喜与拥抱的鸟叫。

　　南方被鸟声叫醒。大块的水田,松林里的白鹭,后院圈里的小黑猪,池塘里的鱼群,挂在半垛墙上的农具,发酵的大粪,三天前刚栽下去的小菜,弯曲的路,东边正在一点点漾出来的血红……万物守着最后的静默,却无一例外地将额头抵向了逶迤而来的晨光。

三　　冲

冲,是低地丘岗地区对流水的一种称谓。这种称呼,似乎除了江淮之间,在其他地方很少听到。我家乡桐城,出了城就有宝山冲、项岭冲,都是些流程较短的河流,很多都是因为季节瀑布而形成。它们身形最短的,或许几百米,就融入了另外的较大的山冲;长的也不过三五里,出不了三两个村庄。低地丘岗,众水汇聚,虽然难有大江大河,但支脉庞杂,形态丰富,亦是十分动人。

三冲村就是三条山冲的交汇之地。江冲、林冲、涂冲,俱发源于村东南之山。山是大别山余脉,但又同我老家桐城境内的大别山余脉有所不同。这边的山更加绵润。草木葳蕤,不见山石。山不见石,犹如唐朝仕女。但青葱灵动,却满眼都是。三冲只在草木之间,等我们看到它们的身形时,它们已汇入马槽河。河名马槽,或名其形,或记之以典故。长夏雨后,山野之清碧,简直让人无以面对。那种洁净,空灵,清寂,根本就将远道而来的凡浊之身挡在了空蒙之外。好在我们本就是看客,得其形,望其峰,臆想一二,便作了了。

山上有百花菜。庐江当地人曾送我若干。其实,早年在桐城山间,我曾一次次见过鲜活的树头的百花菜。形如花状,实则嫩叶。春末采摘,晒干。等冬日,以猪肉焖烧。食之先微苦,细嚼,则甘甜。想起儿时,我问父亲何为好茶?父亲答曰:微甘而小苦。百花菜亦是。

冲即流水,而我更喜欢将有冲的山间小盆地称为冲。南方山地,多水,多雾。村人们时常清晨站在门前,看着山顶,自言自语:起雾了。好大雾!他们当然也听得见冲水。我们沿着这小盆地走了一回。据说这三冲汇聚的马槽河,上溯至起风尖下的峡谷溪流,竟然就是八百里巢湖的一支南岸源头。庐江之水,往东北,汇入巢湖;往东南,汇入白荡湖。但最终都汇入长江。三冲得这湖源之美,简约,清亮。我还喜欢冲里面的那些房子,房前的小菜地,辣椒犹如女孩子的小辫子,茄子则是个腼腆的半拉小伙。此时番茄正挂着架,我悄悄地走到菜地前,想找出颗红色的熟番茄。但没有。我想起七八岁时,第一次到城边上大园里吃番茄,也就是西红柿时,看着那圆溜溜的青红果子,竟不知如何下嘴。物种之变迁,可谓迅速。才短短的三五十年,这种被称为番茄的植物,已完全本土化了。只是名字上还有"番""西",就像胡麻、番芋。

据说三冲山上有牛王寨寨墙,观音洞,和尚塔。我向来喜欢去清净的山野寺庙,想必这三冲山里应该也还藏着寺庙。而且,再远一些,一定会有不少的古迹。这三冲汇聚之地,草木葳蕤之中,是必有深约旷远之历史的。

树　　眼

　　树有眼,粗粝,沧桑。黄昏漫步氿河,树眼静静地看着我。其实,它或许只是在沉思,甚至在反刍。在它眼里,我无非只是一次经过,同昆虫、花粉、露珠、鸟鸣一样,经过了就经过了。所有事物无非都是时间的过客,它深谙此理。

　　但它的眼睛还是透露出了它内心的成长与伤痕。它的眼,一直往身体的深处生长。它甚或是内视的。它反复而近乎严苛地审视自己。那眼里,有种子、第一片嫩叶、第一支抽长的枝条、第一轮年轮,更有第一片黄叶、第一块枯死的树皮、第一根凋零的树枝、第一刀被刻画的疼痛……

　　树眼是个节点。每一个眼都是一个高度。你往上看,或许有一个眼便是真正的分水岭。从那眼往下,叫成长;从那眼往上,叫苍老。

　　南方弥蒙的水气正在氿河上行走。水里不时地冒出一串串气泡。天气逐渐火热,河水即将蒸腾。长夏正漫向高峰。而节点也将随之而来。那便是秋。想到此,我有些黯然。忽地想起博尔赫斯的《局限》:

　　　　有一行魏尔兰的诗,我再也不能记起,

有一条毗邻的街道,我再也不能迈进。

有一面镜子,我照了最后一次,

有一扇门,我将它关闭,直至世界末日降临。

在我图书室的书中,有一本
我再也不会打开——现在我正望着它们。
今年夏天,我将满五十岁,
不停地将我磨损啊,死神!

那烟火中的人啊!

梅雨季节一到,村庄上便开始潮湿、阴晦,甚至开始神秘、幽暗和令人生疑。栀子花开得素白,质朴的香气在天井里漫游。女人们坐在天井的回廊上,纳鞋底,过光阴。当然,从她们并不停歇的嘴唇上,会不断地滑过一个个名字。

我只记住了一个。我听着那个名字,便想起烟火熏在巷子矮屋上的痕迹。那浓重的烟火味中,一个身材瘦小的女人,将一盆水泼洒在用破缸养着的那盆兰草花上。那是一种开得洁净的花。村庄上的人却很少过去,孩子们倒时时跑过巷子。孩子们有时甚至会禁不住吃一口女人递上来的山芋或者番瓜。但更多的时候,这条巷子连同巷子里的女人,成了南方村庄上的一个忽隐忽现的禁忌。

终于,很多年后,在走马岭的祖坟山上,这个女人有了一块属于她自己的墓碑。青草比烟火更重,黄土比巷子更深。我第一次理清了她的一生——十几岁时嫁为人妇,不育,被弃。然而一直居在村中巷子里。直到老死!

村庄早已消失。烟火被水泥地下的泥土收留。而桐花,一如我一样,早已模糊了那条巷子,更谈不上记得那面影。只有烟火……南方梅雨季节一到,烟火的气息里,纺车整夜不停。长长的黑白相间的带子,飘在巷子里,仿佛一根根枯瘦的手指,想抓住风、月光、露水、鸟鸣与她养在烟火里的卑微内心。

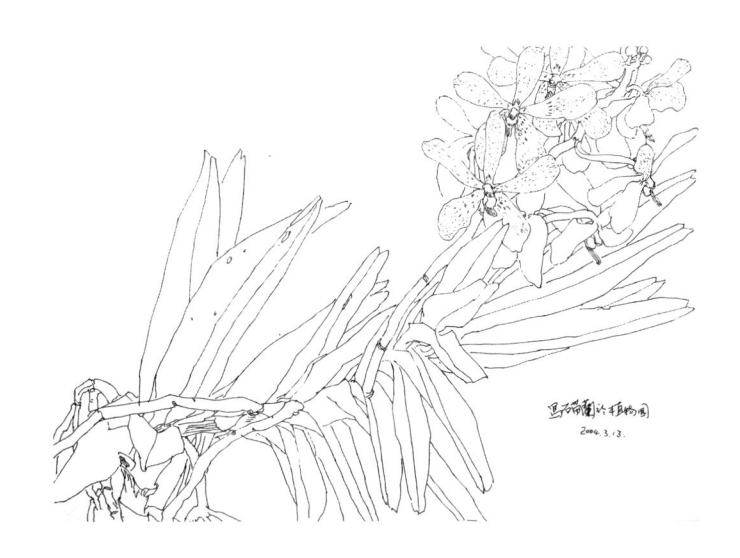

汉服与簪缨

转过文庙的墙角,先是一棵夹竹桃。每年五月,开出红色和粉白的花朵。清亮,而且花期漫长。夹竹桃的青色的带节的枝干,与文庙暗红色的墙体竟然十分协调。再转一个墙角,便能看见喜树,粗大的香樟;但我更喜欢再往里走。那里面有低矮的潮湿的蜀葵,边上便是结满汉服的构树。

很少人知道构树。这在南方并不起眼的树木,有青褐色的枝干,浓密的树叶,蓬生的树体,论形,不足以观瞻;论气味,无香无臭;论身姿,散倚无态。而且常常生在僻静处。无花无蝶,恰如乡里人家,无酒无肉,便冷清寂寥。但我却时常走到树边。我喜欢端详那一片片汉服。汉服自然是指它的叶子,一律地往前生长,叶片肥大,自中间主茎向两边各开两个岔口。美感便在这岔口上呈现了出来。你再仔细端详,那就是古朝的汉服——青色的汉服,凝止了许多的时间。我甚至觉得:那叶片背后,还正行走着一个个身影。

雨季来临,夹竹桃在一夜之间,将颓废之美写到了极致。而构树这小小的满枝头的汉服,依然青玄。我只是举伞远视。北窗正对着构树,或许也有同我一样远视之人。很多时候,草木只是草木,相视只是相视。时光带走了一切,只有当草木模糊成了影像,我们才可能发现它所赋予的微妙而惊心动魄的情感。

离开文庙多年后,在庐州淝河的黄昏里,我经过阜阳路桥。桥头地上,落了许多酒红色的果实。那些果实一如簪缨,交织在一起,有的已经开始微微泛白,有的还正酒红得浓重。但都落了,被行人践踏,被晚风吹拂,被我注视。

这满地的簪缨啊,正是构树的果实!我一抬头,与那些汉服撞到了一起。

板栗园里的花

板栗园在洪庄到天桥之间,离洪庄大半里地,离天桥大概三百米。那时候,洪庄与天桥是一个生产队。板栗园里长年黑乎乎的,树都很大,很粗。树底下套种着一些豆子、油菜。早晨,南方的天光洒在板栗树头,那些新发的树叶,开始竖起一根根的小青刺。而天光,漏到地面上时,变成了一小块一小块,就像村子里的那些黑白相杂的狗。板栗树不结果子的时光,整个板栗园里除了孩子,很少有人来往。孩子们把这里当作天堂,甚至,他们在这里"结婚、成家、当爸爸妈妈"。当然,黄昏时,他们一走出板栗园,那个家便随着夜色,被板栗园收藏了。

五月,板栗树的叶子愈加肥厚。叶子间冷不丁地会开出细碎的板栗花。一开始,很少有人知道板栗也是先开花后结果的。大家都只关注果子。而我是在逃学的途中发现板栗花的。我一个人坐在板栗树下,想村子南头刚刚淹死的那个女孩。她的面容竟然很快就模糊了,我再怎么想,也都只有个大概模样。后来我干脆不想了,一抬头,就看见板栗花。米白色,小,羞涩地拢在叶间。我伸出手想摸摸,当我的手指快触摸到它时,它颤抖了下。我赶紧缩回手,那是我第一次知道花也有心情——那种微小的羞怯与拒绝。

园里的板栗树后来突然就被砍了。许多年后,我回到洪庄,昔

八宝树 2004.3.20 写生之三
版纳植物园孔雀园

时的板栗园那一块田里的水稻正扬花。

我又一次看见了那同样细小的花朵。这人世间,我们曾经忽略的,一定比我们得到的还要多。

浮山道上

天将午。太阳却有些西斜。远处,长江浩荡的水汽,被阳光蒸发和挟裹而来。浮山,在水汽之中,七窍空灵。山上的树,半浮而沉静。草木向山下坡地延伸,但一切都处于一种廓大的静态。南方的五月,梅雨还未到来。上升的地气与浩荡的水汽,将浮山漫成了名副其实的一座悬浮之山。

山道亦是安静,少有游人,这正合我意。来浮山已不是一次两次。每次都有每次的因缘。最初一次,是从桐城骑车九十里。但只在山脚下望了望陡峭的崖壁,想象了一遍山中的风物,便掉头而回。爱情促成了行旅,真正的风景只是背景。再后来,有年秋天在浮山,一个人待在洗心处。听流水,竟然听出了水中的檀香气息。

南方山势大多平缓。浮山虽然相对孤立突出于地表,但温润之姿,仍然是典型的南方风骨。正午之阳,从山道倾泻而下。上苍所有的恩赐,必有承接。一如行走的我,还有草木,更多的是那隐藏在转角之处的庙宇。铜钟因阳光而宏大,飞檐因阳光而灵动,蒲团因阳光而虔诚,香火因阳光而执着。

说有人自此悟禅得道,说有人自此幡然革新,说有人自此了悟苍生,说有人自此了却尘缘。我沿着浮山道走,最高处不是风景,不是忘我,而是山下那无边的众生。众生视浮山,芥子而已。我视众生,却如天地。

因棋说法。棋与山无非都是道场。修行与涅槃,忏悔与消逝,浮山道上,浩荡的水汽在正午的阳光中,将所有的故作淡然或者心藏势利,一一地浮到尘表之上。透明,无法遁形,然后,大千朗朗,皆成须弥。

汽　　渡

从前,我们江北桐城人要到南京或者无锡,那必得经过一个地方——板桥。

板桥既然有个桥字,那一定在水边。二十多年前,有一年冬天,我们从这过江。八九点钟的天光,将江水聚拢成一大片奔涌的浑黄。我注视着江水中的那些旋涡——有木头,动物的尸体,红花的衣衫,甚至,还有一块巨大的石头……它们从旋涡里迅疾出现,很快便消失在旋涡深处。

那次,我们等了近三个小时,终于上了轮渡。江风浩荡,渡轮成了江水中的一只慢慢爬行的老鳖。它的缓慢,正好被那些远近相闻的汽笛所隐没。轮渡上的人,还有车,此刻只成了这巨鳖背上的物件。阳光照着,温暖,金黄。没有人能想到:这巨鳖正慢慢地驮着这些人和车,从地理中的江北开往江南。我那一次只是在轮渡到岸时,猛然有所感觉:我回望了一下已成对岸的江北,地理学上的临界之感,似乎有所触动。

但那毕竟是浅显的。二十多年后,我再次站在板桥的轮渡上。我无法找出也无法回忆当年的一星半点的印象。但我已刻意地寻找地理分界线在这寥廓的江水之中的痕迹。江北,丘岗低迤,稍远处,有山,山形近似嶙峋;而江南,山如眉峰,虽然聚拢而来,却丝毫没有压迫感,那种美即使浩大无边,却还是亲切温雅。江北人多朴实,而江南人多聪慧;江北人多高颧骨,江南人则相对骨匀;江北人喝烈酒,而江南人则慢饮,以莲藕佐酒,以丝竹调之。

当然,如今的地理分界线一如人心,越发地模糊了。如此,板桥的地理学意义也正在丧失。而在南方大地上,这样的地方从前多,将来必定会少。融合填平了地理学的沟壑,我们因之将可能看到:江南江北都没有分别的一马平川。

圩

2017年的秋天，我开始写到庐州后的第一部长篇。我将所有人物与故事都放置在三个大的地方——庐州城里城隍庙边上的百花井、远在新疆乌鲁木齐近旁一百多千米的昌吉，另外一个，就是庐州城外四十里的东大圩。

我喜欢"圩"。圩是一个多音字，在称呼商品集散地时，叫"xū"；在称呼拦水围田而成的盆地时，叫"wéi"。我不喜欢前一个读法，有些轻佻，似乎让人看见跳跃而充满狡黠的货币。而后一个读音，则沉实多了。一听就是泥土的味道，就是水的味道，就是那相互对抗却又相互依存的味道。我当然应该读懂这些，否则，我无法在小说中深入东大圩的深处。我用文字筑起了这座圩的堤坝，然后，在它的东南角上栽树，在它的西南角上种荷，在它的北边栽稻子，在它的南边种百十户的人家。

后来，我把一些人物种到了圩上。因着这些人物，东大圩被种上了爱情、离别、悔恨、泪水与忠诚。

就在小说写作之后的不到十个月，我却真实地来到了东大圩。这座地理学意义上存在的东大圩，与我小说中的东大圩竟然严丝合缝。亲切感，回归感，一下子涌上来。我走在东大圩的圩埂上，炎夏，烈日当头，风里有巢湖水的泛滥气息。而近处，东大圩圩田已呈零星之势,大片的葡萄园,正挂着果子。甜香四溢,波光流转。稻子已退回到泥土深处,荷花被移到另外的地方。圩埂向巢湖逼近,整个圩面不断升高。建筑物,与嘈杂的机器,将整个圩切割成无数的小块。圩,仅仅也成了名字,它同古渡、车轴寺、茶亭等名字一样,丧失了象形文字和因形设名的传统。圩内再也找不出我小说中的那些人物。他们曾是农民、佃户、小地主,从庐州城里来的东家,和在圩埂上像只知了般叫个不停的东家的小女儿……如今,这里是商人,葡萄园主,小饭馆的老板娘,水深莫测的美容店,"嘀嘀"叫着的微信收付款声,滚动播出的广告片……

当然,在如今这一切的背后,我依然能凭着小说中的路径,找到通往东大圩的另外一些地方。比如草屋,门前场地上吐着舌头的狗,懒散的猫,晾晒的玉米,墙角打着霜粉的老冬瓜,后墙边柿树上的经了冬的那只柿子,旱烟的微火,从圩埂上飘来的陌生人的气味,在更远处,那座长满青草的高坡上,是每年洪水季节要同守护庄稼一样守护的祖坟。

我愿意东大圩永久地存留在我的文字里。我不唤醒它,我要独自读遍圩埂上直散向落日的炊烟。

周瑜与小乔巷

"曲有误,周郎顾",这是我最喜欢的一个典故。想那战火纷飞、诸侯争雄的三国年代,如此深情且婉转的爱情,怎能不让人心动?而现在,我就站在传说中的小乔巷。一低眉,仿佛就能看见小乔那抚琴的纤指,正划过三国时代的浩瀚长空。而在长空之上,潇洒周郎,正在运筹帷幄的战事间隙,凝视着那琴、那人、那纤指,倾听着那曲、那感叹、那吟哦……

庐江是个有故事的地方。而所有的故事中,周瑜的故事最多。

周瑜故事之多,大在他参与、经略,甚至改变了一个时代;大在他忠勇、智慧、纵横捭阖;多在他风流、独立,最后却又不得不成为悲剧中的一息长叹。

小乔巷里,花草正盛。这是我多年来看过的最美的小巷,也是最有文化意味与故事的小巷。巷时宽时窄,因势而为,自然而贴切。有关周郎与小乔的故事,藏在花墙之上,长在青竹之中,镌在灵璧石的通透里。走在巷中,能思古,想象当年周郎自战场归来,进得巷口,刚下马,即大声呼唤:"小乔,我回来也!"

而那边,仅仅咫尺,小巷的转角,便是小乔那梨花一般的身子与含在花蕾里的浅笑。小乔在心里答着:"将军,小乔在这!"可是,她的唇边无语。只等得将军站在面前,整条小巷就只有他们了。

所谓的战事,所谓的谋略,所谓的疆土,所谓的功名……都付与尘土了,唯有他们立在时光的亘古之中。

我们在小乔巷里细数着静静绽放的花朵,甚至,在那块立在传说中的周瑜墓上的灵璧石前,我们开始倾听——历史是需要倾听的,而且要沉静地倾听。我们听见了过往的年代,听见了马蹄嗒嗒,听见了江水浩大,听见了万古功名,听见了千古风流。

小乔巷虽曰巷,却并不隐晦曲折。它就不施粉黛地站立在县城的中心区域。巷子两旁,是高大密集的居民区。俗世生活的烟火气息,漫染着小乔巷里的一草一木、一竹一石,当然,经由秘而不宣的时光隧道,它们也一定会漫染上大将军的目光、漫染上小乔的纤指,漫染上那注定会有误又注定会被周郎一顾再顾的琴声。

往古与现代的交融,在这庐江城里,厚重而贴切,犹如天成。

冶父山与禅寺

山不在高,也不在大,而在有风景、有故事、有文化。庐江城西的冶父山,就是一座小山,可是,此山是欧冶子冶铁铸剑的地方,那这样一来,它就是有故事有文化的地方了。所以,从山脚下往山上一望,也森然有古气。而从山上往山脚下一望,人间灯火,百里长河,更是衬托出此山的卓荦。

冶父山上的步道相对平缓,道旁的草木,大都平常。然而,想着古来的冶铁之火星,想着铸剑之寒光,你就不由得不驻足看这道旁的一切。风静、草静、木静,但有蝉鸣。看着,想着,古意更甚。一闭眼,仿佛能见着山上散布的冶炼炉子,那古铜面颊之人,或许就是欧冶子。也或许只是众多冶铁者中的一员。他们都消逝在铁的漆黑里,如今,据说一落大雨,山上仍有生铁的气味。那是被锻入了时间深处已成为这座江北小山骨骼的铁的气味啊!

山上有伏虎寺。不入。下山却去了实际禅寺。

寺里上午刚刚做了一场宏大的法事,接下来是布斋。黄色的寺墙,青色的僧人衣着,正当头的明晃晃的太阳,将禅寺照得透明。因之也越发地实际了。我更加佩服这取寺名之人,那一定是真正的得道者。

素斋的美,在于简约,自然,诚恳。所谓简约,是完全地摒除了华丽;所谓自然,是那一切都来自寺内僧众和居士们的贡献;所谓诚恳,那是食者的态度。苋菜、葫芦、青菜、豆腐、青椒、芽菜,家常,平和,却可口。尤其是老南瓜,香,甜,使我想起年少时每年冬天家中贮存的那些老南瓜,南瓜皮上生着一层细粉,长着很粗朴的皱纹。管理素斋的都是前来帮忙的居士,他们向我们推荐切好的西瓜,说这都是寺里自己种下的,在外面,是吃不着如此甘甜的西瓜的。我们当然都信,且都吃了。果然,这西瓜的甘甜,是正的,是极让人放心与回味的。

庐江一地,还有很多的古寺。据说有些寺里有上千年的大树。实际禅寺里也有些树,但年头不可考。我沿着寺墙转了转。一个年少的僧人,着明黄的僧衣,在墙角那边挑水浇菜。他浇的是茄子,已经挂了花。我说:"快了!"他答道:"是快了!"

再无语。他浇他的茄子,我回到寺门前。想起岱鳌山上也有一座大寺。名字不记得了。我们来时,那山正罩在云雾里。我们站在远处等着云雾散尽,然后那大寺便显现出来,长龙似的,直倚在山顶。而它的西北坡,却是一大片陡峭的悬崖。在江北庐江的地貌中,如此陡峭的悬崖极其少见。于是,便想到"飞来"二字。想到这二字,便又想到雁塘。那里飞来飞去的雁,是不是也曾经过冶父山、经过实际禅寺,成了这庐江之美的串联者呢?

池　　塘

一座池塘闪烁

像一个手镯

在舞蹈中晃动

————史蒂文斯

　　南方大地这无数的手镯,构成了其丰富多彩,且不断运动、幻化的基本风貌。年少的时候,我经过一个个池塘,我们看见的是躺在大地上的一汪水,或者是塘边那些老年的枯柳。枯柳的根从塘埂上伸到水里,又从水里弯回到塘埂里。那些根积攒着大量的淤泥,冰凉,黏手。在淤泥之中,我摸出过老鳖、乌龟、鲫鱼,也有金黄的泥鳅,它们偎在泥地里,一动不动。我用手轻轻地将它们托出水面,只有在水面的光一下子刺到它们眼睛时,它们才迅速而灵敏地开始逃跑。但显然已来不及了。我在那无数的池塘里,无数次做过这样的游戏,但最后我离开了那些池塘。

　　某年冬天,栀子沟两岸的人都往李庄的池塘那边跑。李庄的哑巴跳塘了。所有的人都站在塘埂上,有人拿竹竿在水里划动,有人坐小鱼盆下到水里寻找……一整天,风将老枯柳上的最后几片叶子也刮掉了,哑巴在黄昏时候终于被找着。人们道:唉,竟然钻到了枯柳的根里,难怪找不着。也有人望着池塘不语。教书的先生说:这塘里,又多了个生魂了。

池塘这手镯,并不仅仅是舞蹈。更多时候,它在南方大地,沉默,内敛。除了实用主义的池塘功效外,池塘接纳了死亡、笑脸与最后时刻的悲苦。当然,也有更多的人,并不介意池塘里那一代代的生魂。他们戏水、洗衣、照镜子、洗澡、发呆,甚至说梦话……池塘多数时候,沉在半明半暗里。它闪烁的日子,对于大地来说,短暂而珍贵;而更多的时候,它阴郁、憨厚、枯静、默守。

池塘生在南方,但有一点无法忽视:那就是要看清大地上的池塘,必得站在天空的高处。然而,池塘边的村庄与人们,除了泥土,他们甚至高不过枯柳。

雨 中 雕 塑

多年前,我曾写过一首关于上海的诗,发在著名的《星星》上。整首不记得了,但其中一句还有印象:

> 雨,一颗颗彩色的石头,
> 叩在上海的额头上。

现在,我在巨鹿路。一栋近百年的老洋房在雨中静静地立着。凌霄花牵着长藤,花朵竟然无畏地向着雨滴。而薜萝,青郁得让人怀疑它的真实。整个朝西的墙壁上,被植物覆盖。宽大的门厅,雨水从植物上落到地面,因此寂静,且让人忧伤。

正对门厅是一方水池。池子中立着一组意大利原装进口的雕塑。主题是爱。一个眉眼漾着爱意的女人,与四个快乐的小天使。雨水似乎有意避开了他们。我与之对视,却不得不转移视线。在这变幻的时代,几乎没有什么人能真正配得上这雕塑。爱正远去,如同雨水,正渗入地下。

老洋房里有书店。著名的作家书店。书香漫漫。有人轻轻地告诉我:这老洋房曾住过当年的火柴大王,后来又住过那对总喜欢说"达令"的夫妇。再后来……巨鹿路,我当年在上海雨中写诗的时候,巨鹿路是巨大的神秘与神圣。而现在,它仅仅是一幢老洋房,吸纳了时光却不动声色。它内部生产文字、作家,而外部,却近百年来一直不变地生长薜萝、凌霄花与青苔。

  事物总在内外两个维度,矛盾而彼此包容。巨鹿路,那些彩色的雨之石头,却总不能得到额头的回响。

虹　桥　站

巨大的穹形大厅。我站在人流之中,突然心如刀绞。四年了,四年前的八月十八日,我也在虹桥站,我也站在这巨大的穹形大厅里。那时,小弟正躺在上海的某家医院里。我们在巨大的悲哀之后,又生出了巨大的希望。

小弟也是。

小弟说:手术很成功,我得好好活着。

四年后,虹桥站依然。上海的天空依然。那家医院依然。而小弟却在另外一个世界了。他没能活着再来看虹桥站。在他逝去之前,他说:我还想去趟上海,再努力一下,再努力一下……

人生或许就是经过无数个地点。将无数个地点圈起来,也就是人生的往复、来路和去路。人流涌动,我黯然。空中浮现小弟的影子,竟然有些模糊。而在故乡南方那多云且潮湿的山脚下,小弟正成为泥土的一部分,正成为季节的一部分,正成为高处的星辰与低处的流水的一部分。

"所有的火车均向前行!"而虹桥站,只在短暂的瞬间,让我回到往昔。它甚至来不及让我与小弟一起回到童年,回到为数不多的欢欣与清苦。

中元节与苦麻菜

一大片浓黑的云,挂在西北边的天空上。近处的稻田中并不见水稻,只见着些郁绿的杂草。再近处,竹林被风摇晃,它发出的声音,带着些许的幽秘。绕着叶坝的小河,到此已被树丛和蓟草以及蓼子遮盖。偶尔可见一小块露出来的水光,不甚明晰,若隐若现,如同晦明之中的面影。菖蒲束集成一大堆的浓绿,绿到有些发黑。只是都不动声色。这向晚的门前场子上,一些细小的飞虫,把从菖蒲或者水里携带上来的那些更加细小的气息,轻轻地却不依不饶地点染到头发上、衣角处、睫毛边。于是,你不得不打一个喷嚏,声音里有腥味,刚打出来,便被正在绽开的洗澡花或者书带草给吸纳走了。

于是,在这黄昏的南方的小村庄里,存在变得习以为常,甚至丧失了本初的意义。成为过客,或者连过客都不是。成为稻田里的杂草,菖蒲、竹子、水光……其实都不是。事物的存在具有定数。更多的地方,只是一个地址,而不是终点。当然,你会看见终点。九十岁的老人过来对你说八十年前的事。说从前这里是战场,就在不远处的那片田畈里,一场夜战后,田埂上留下了四个年轻的尸体——"他们就埋在更远处的那座山上。四个人,都才十七八岁……"九十岁老人的目光,一下子幽远起来。然后,他说:"十几年前我去过省里,那些老人都不在了。只有老于还在,老于一见我就骂,说当时怎么那么傻,放着好好的工作不做,非要回老家。"

夜晚来临。离场子十几步远的地里有苦麻。苦麻密集,低头无语。这种微涩的植物,将近处的河水声,以及将要沉寂下去的人声,都悄然长进了泥土。

而西北边,那片浓黑的云,正同夜的临界点融合。田畈那头,有火光升起。被风吹动的火光,如同疾走的步伐,又似幻现的五指。

忽然想起:今夜中元。那些从前的人都开始回家了。

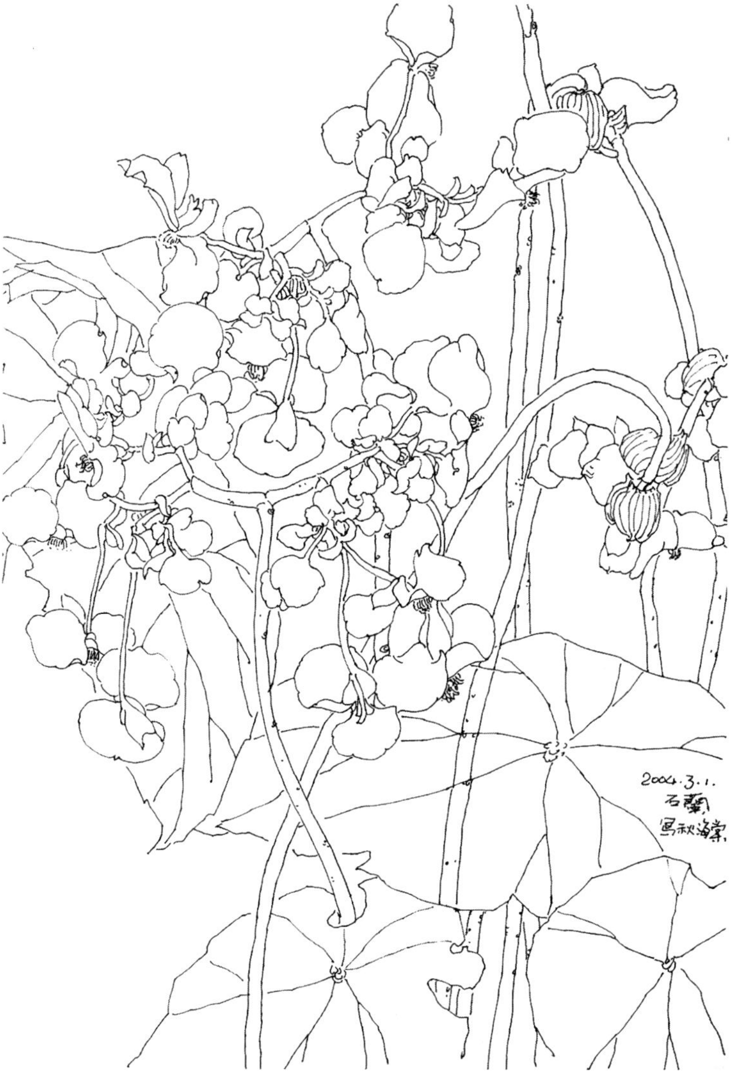
2004.3.1.
石蘭
寫秋海棠

悬　铃　木

雷蒙德·卡佛曾有诗《九月》。他一开头就写道：

九月，某处最后的

悬铃木叶子

已回到大地

卡佛是美国20世纪下半叶最重要的简约主义小说大师。这首诗亦是简约之至。他被回到大地的悬铃木叶子所击中，他由此生发出更深重的感叹：风清空了多云的天空。

天空是被风清空了？甚或并没有风，只是一个人的心思与目力所及。悬铃木的叶子也并非因为风而回到了大地，它生长在高处，就注定了它必须回到大地。卡佛当然深谙此道。但他并没有说出，他只是"两眼望着远方"。而远方有什么？是南方辽阔的大地，是流向天际的秋水，是静静划过长空的雁阵……

十几岁时，在城郊的四合院里，秋雨声中，第一次在书中读到"悬铃木"三个字，眼前立即浮现出一个尤其美好的画面。在少年的想象中，叶子是青绿的，悬铃木是金黄而小巧的。我被那画面震撼，便沿着书里的文字继续追寻。最后到了老广场。那是一条种满法国梧桐的道路。20世纪下半叶,几乎一半的县城都种有这种高大、覆盖面广且生长迅速的树种。法国梧桐的叶子在九月的秋雨中,簌簌而落。我站在树下,果然就看见了一颗颗所谓的悬铃了。那么小的果子,那么土黄的颜色,那么……我呆望着。天空被雨水蒙住,大地上生灵正熙熙攘攘。

若干年后,再来读卡佛这诗,依然能想象悬铃木的美好。即使我早已知晓一切,梦仍未醒。我甚至有种挂念:倘若将来老去,能在挂满悬铃木的树下安憩,也是一种"回到大地"了吧?

打　　开

天空被高大的青色的栾树花打开。

南方之秋。流水从第三十年的菖蒲叶尖上流过,气息里有种隐约的辛辣。夏季的那份热烈似乎还沁在植物与水流之上。或许到了另一个夏季,它们会重新醒来。万事万物,从来没绝对的逝去。

栾树在整个春天、夏天,沉默而温婉。而到了秋天,刚刚入秋。栾树一下子拔节。如同十二三岁的女孩子,目光一下子从向着脚尖,猛然抬头直视你的眼睛。那一瞬间!一场忽然到来的秋雨,解释了这一切。秋雨之前的闪电,解释了这一切。

——被打开的绝不仅仅是天空,还有星辰,还有从这个季节开始的苦乐参半的人生。

栾树对于南方这个小村子,这个叫栀子沟的小村子,永远都是外来者。因此,它的花,它的隐约,从来没有成为人们唇边的语言。而当栀子沟消失,大片的高层建筑突破南方的天空时,它青葱地挺着胸脯。它明媚而含着羞怯的坚定,使它成为高处的另一种流水,另一种菖蒲,另一种秋天的高远的存在。

回到秋天,我最喜欢的一个词是"高远"。另外一个词是"寂寥"。其实都有走向寂灭前的悲壮与决绝。栾树也是。要看栾树

的花,非得站到高处。栾树的花从所有的树丛中突现出来。栾树的花铺在天空之上,那一刻,我想到一位诗人的诗:

  它们——我是说那些树木,那些树木上的花朵

  它们——把时间藏在深处

  最后,成为天空的一部分!

丁　香

很多植物,包括很多出现在我们诗文中的植物,事实上我们从未见过。它们只是一个个名词,一个个名称,一个个知识。因此,它们并不能真正地含有植物的芬芳。比如丁香。

中秋前,丁香结果。果实很小,青中带黄。

再早些,丁香花开正盛。没有雨的丁香花,在阳光下更加动人。而更多的人被那句"雨打丁香"给蒙骗了。雨打的只是诗人自己的丁香,是他心里的丁香。而后来者所见,却已经非彼丁香。佛说:万物皆自现。所谓自现,其实正是每个个体内心的自然呈现。

我从前住的南方乡下,地处江淮之间,很多年来不曾有过丁香。丁香来到这里,也不过就是这二三十年的事情。丁香并没能成为乡村上的花,也没有成为普通人家庭院里的花。它更多的是成为城市中的花、公园里的花、小区里的花、那些臆想者在诗句里栽植的花。

所有植物,只要有一个"静"字,我便无来由地喜欢。山间的蕨,井壁上的苔,颓墙上的薜荔,水塔边的构树,墓园里的古柏……丁香的静,在于它的细小,在于它的纤柔,在于它的慎默,在于它的忽然凋零,在于它的忽然结果,在于它的忽然隐身。

有一年,在丁香树的旁边,我看见了另一种植物。它们身形相近,但表皮有所不同,一个光滑,一个相对粗糙。春尽夏至,两棵树相继发叶。盛夏,丁香开花。另一棵树却不动声色。初秋,丁香结果,另一棵树花开绵延。那是紫薇。人们将紫薇与丁香嫁接到同一株母本上。因此它们成了姐妹树。年龄与时间上的差异,就在花开与果实之间。也因为这差异,它们的美,便次第绽放。在黄昏时,我喜欢站在这树下。我闻见的花香,绝不仅仅是丁香,也不仅仅是紫薇,而是这一对南方大地上彼此相信的姐妹!

小 丰 禅 寺

我离开小丰禅寺的时候,住持有些羞涩地拉住我。他说他看见刚才有人在拍摄整个禅寺。我说是的,那是摄影师在用无人机航拍。他说他想请那个施主帮个忙。我看着他,因为常年茹素,他的脸色有些发黄。他神情中有几分急切,又仿佛开不了口。我点点头。他说:"我想请你与他们说说,能不能给我一张我们这寺庙全景的照片?"

我说:"当然行。我来说。"

住持笑着,说:"寺庙建了这么些年,还没一张全景图片。我们都不知道这寺到底是个什么样子呢!"

他说话时,一丛凋落了一半的芭蕉正在他的左边,另一丛红艳的鸡冠花在他的右边。明黄的寺庙大殿,就离我们不远。没有风,檐角上的风铃也就不响。整个寺庙,在刚才那一阵喧哗之后,又沉入了清寂。

小丰禅寺其实是一座古寺,始建于宋。寺亦有代谢,因此它曾经是香火鼎盛的江淮大寺,后来是历尽兵乱的避难之寺,还曾经是临巢发洪时的应急之寺,当然,也曾成为占山为王的土匪之寺。五十年前,它成为附近村民的居住之地。梵音断绝,人烟缭绕。再后来,它重新回到了"寺"本身。殿有六进,却无寺墙。住持年近五旬,说话轻缓。住持说:"这寺,是九华山百岁宫的下院。再过一段时间,大和尚会来寺里弘法,施主要是方便,可以来听听。"

我没有答应。我确实无法决定自己一个月后的时间。住持领我看了殿内的玉观音。在往寺门走的时候,住持有些神秘地告诉我:那观音大士是从缅甸请来的。一台二十五号重的吊车竟然无法吊起。只好请了两台。

我想:这就对了。世上没有一座寺庙,是缺乏这故事的。只是,且听着罢。

寺在肥西严店。东有巢湖,西有紫蓬山。山水之间,正好参禅。

青　桐

　　南方大地上村庄星罗棋布,每一个村庄都有自己的旗。我们村的旗便是庄子东头的那棵青桐。一出庄子口,除了太阳,第一眼看见的就是青桐。它独立于高岗之上,四周全是水田。蛙鸣,鸟语,水稻拔节之声,蛇吐芯子之声,野狐求偶之声,大雁临时休憩之声……当然还有人声。人声从出了庄子便开始。先是一声短叹:那青桐又长高了呢!再是一声长叹:好像还是从前那样,从我记事时就那么高了。

　　后来沿着田埂,一直走到高岗之下,再望一眼青桐,便释然。释然道:树哪像人?人生年不满百,树可上千年呢,它当然长得慢。

　　村子里的人将时间也固化成了青桐。

　　八九点钟,说:日头到青桐半腰了。

　　十二点,说:日子正在青桐顶上呢。

　　黄昏时,说:日子到青桐脚跟了。

　　夜里,还是青桐,说:青桐整个儿都在黑里了。

　　人生一世,草木一秋。青桐见证了村庄的漫长岁月。青桐树下的高岗上,埋下了无数的胞衣罐。老年人要走了,便长长地立在村口,望着青桐,说:最后看一眼了。家里人便劝道:慢慢看。那边也有的,一模一样。

老人点点头,混浊的目光却一下子澄澈了。

青桐是村庄的旗。老远赶路的人看见青桐,便知道洪庄近了。倘若不识路,便问:那青桐的庄子还有多远?被问的人答曰:三里地,快了。

确实是快。六年前,庄子没了。

四年前,问同样迁进城的同村人,他们说:青桐也没了。

我问:什么时候没的?

答曰:不知道。反正是没了。

我说:那以后怎么回村子呢?

他们不再回答。

响　　堂

　　合安路从桐城大关开始,就一直贴着龙眠山行进。龙眠山是大别山的余脉,因此,山的气势就有些温婉。但是,极灵秀。公路到了吕亭,向西北便有岔路。往里走十来里,见一中空之山。山洞深百米,宽五六十米,高亦百米。据说这是一座未能完工的飞机跑道。六十年前,这个叫双龙的山野之地被完全军事化。三线工厂和军用电台进驻此地。只是它们并不在明处。这里大大小小的七八座山头,都被掏空。工厂和电台都藏在里面。平时,除了军用车辆出入,这双龙湾里,竟是出奇地安静。天空有时会压下来,大片的云朵与随之而来的雨水,从山坡上流过。在隐蔽的山洞门前,或许也能形成一道道瀑布。只是在那个特殊的年代,这瀑布也被烙上了神秘气息。

　　再往里走,是响堂。这是个古老的村子。三十年前,我去这村子时,村庄早已全部搬走了。村庄给再早些的军队让路。那里仅仅剩下了四排营房。红砖,大瓦,背对青山,面对小河,却是一派荒凉。军队和电台,以及三线厂,都已撤走。山洞被封死,未完工的机场跑道成了蝙蝠们的天堂。

　　我沿着响堂那四排营房走了一圈。我想问问当地人当年的故事。没人说得出来,也没人记得起来。这双龙湾只在某一个时段,被军事化。而后,它全然静寂。除了封死的洞口、广大的跑道、破旧的营房,再无痕迹。新修的《桐城县志》也对其语焉不详。一个时代的印记,比一丛蒿草的消失还要迅疾。

总有一些事物记载着过去,只是我们浑然不知。

同样,总有一些地方埋藏着过去,只是它从一开始便已选择了拒绝。

双龙湾,响堂,从前的桃花源,后来成了这荒凉地。而且,据说还将一直地荒凉下去。在不远处的合安公路上,车辆如流,却没有一台为之停下。陪伴它成为亘古的,也唯有龙眠山。

合　　欢

　　看花要看时段。最好的时段看最好的花,过了或者早了,都不宜。即使看了,花也不是最好的花。一年四季,一日晨昏,都有适宜的可看的花。比如荷花,最好在清晨看,滴露之荷,最为动人;再如梅花,须在雪霁之午后看。雪仍在,天正午,梅枝劲挺,清气始发。再如桃花,须在上午八九点钟看。此时天光正青春年少,地气萌动,桃花最为妖冶。

　　合欢却只适合于黄昏看。

　　黄昏之时,合欢便有了阔大的漾动。在南方村庄的隐约的呼唤声中,合欢安静地覆盖,或者说是安静地沉下地面。合欢树漫散的枝条,先于树叶和花朵,进入黄昏的薄冥气息。叶子收拢,只剩下花,素色地突立起来。彼时,一树都是合欢花。花淡然的香气,不经意却漫向炊烟、窗棂、后院的老古桌、石桌上朴拙的老酒壶……

　　黄昏看合欢。古人为此写过很多动人的句子。我都把它们忘记了。年龄渐长之后,我学会了忘记一些从前牢记的东西。我甚至忘记了合欢作为树苗的形象,也忘记了合欢长成青年时的形象。此刻,合欢是中年。我亦中年。中年之人看中年之花,就颇有意境。一人一花,不着痕迹,自得风流。

而且,也只有黄昏之时,天地契合,万物相生。大地上的所有的荣辱、战争、名利与爱恨情仇,俱以暮霭之意,被消融、遮掩、淡化,直到掩埋。这恰是人世最大的合欢。如同合欢花,突立在枝头。它羽状的花瓣,无限地接近和谐与宁静。

想起早些年有一个黄昏。是在城郊的四合院里,那时已届知天命的区公所的秘书,手捧一把磨光了的小泥壶。他啜了一口,然后望着院子北角的合欢,说:事物都有尽头,尽头便是合欢。

他的语调是幽幽的,有些鬼气,与他瘦削的带点遗少的风度恰恰吻合,而这话语一出来,又引得黄昏中的合欢花轻轻颤动。那时,我年轻,不到二十岁。我当然无法懂得他说话时的心思。多年后,他已作古。四合院早已消失。我已中年。中年之时,想他当年之话,再看中年之合欢,我能说:心有戚戚焉?

不能说。不宜说。不好说。

只看合欢之花,不说!

秋风都是从往日吹过来的

今年所有的秋风,都是从往日吹过来的。

祖母说这话时,我五岁。我记得祖母在这人世间说的唯一的话,就是这句。当时正是八月,秋风刚过,新凉如水。满头银发的祖母站在门前的空场子上,说:今年所有的秋风,都是从往日吹过来的。

我问:"那该走了多长的路啊?"

祖母没说话,她眼望向天空。其实,我发现她的眼神一直挂在槐树头上。槐树五月开花,八月已结出黑色的树角。祖母望着,然后叹了口气。那口气叹得幽远,四十多年了,一直在我那早已荡然无存的老宅子前回旋。

南方的秋,事实上来得缓慢。秋风亦是。秋风先是伸出头来探了下,在树头在窗棂前张望。接着,它登堂入室,在席子和枕头上,留下一缕沁凉。早晨或者黄昏,你一伸手,秋风在指尖上摩挲。那种感觉,是一丝丝地往骨头里钻。于是,乡下人见着了,便招呼一声:秋了呢,早晚凉了。

可不,骨头里开始生霜了。

答的人说的,浑身的骨头也像是被霜给浸了。人骨亦如田里的植物,或者如土地,经了秋,便下了霜。霜一生,便有寒意。而且,他们往往会根据寒意的深浅,来断定时日。村里的老伙计们见了面,叹一声:不行啦,得走哪!今年入了秋,我这骨头凉得很。

果然,秋风未尽,人便走了。

大地上万物皆有定数。从往日吹过来的秋风,其实是带着神谕,宿命般地完成这盛大却悲壮的仪典!

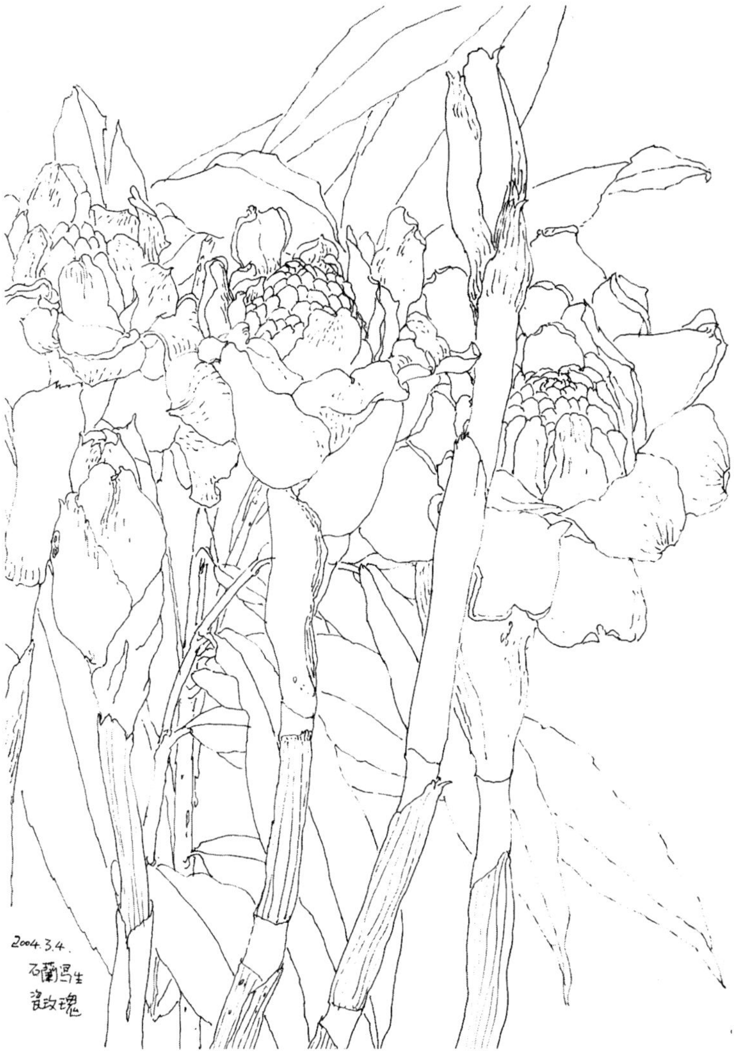
2004.3.4.
石蘭写生
瓷玫瑰

采　　薇

我这旧时代的纯书生

以简朴来安身立命

　　　　　　　　——飞廉

　　十六岁时写作并发表第一首诗,然后又断断续续地写了二十年,在从前那个"满街皆诗人"的年代,我也算得上是个稍有些名头的诗人了。但这些年我不写了。时代变异,人心也跟着变异,诗歌这微妙的触手,很难真正地表达我的想法。然而我一直读诗。隐居杭州郊外的诗人飞廉,便是我最喜欢的诗人之一。他说:我这旧时代的纯书生。多好啊,一下子就说到了我心坎上。犹如站在南方清寂的夜之大野之上,忽然就看见天边慢慢地划过一颗星。

　　不是流星! 只是一颗星。它慢慢地划过,从南到北。清寂的大野,仿佛旧书生的目光,澄澈得有些许"天生我材'没'有用"的小怨。也只能是小怨。而且是沉在心底里的。日子不是简朴,安身立命,在简朴的诗歌与采薇般的岁月里,渐渐地就同山河融为一体。真正的诗人,或者说真正的生活者,哲人,采薇者,古老的山石上的静坐者,深潭边的倾听者,花树下的枕花而眠者……飞廉洞悉了世事万物的奥妙。而我们,依然在这尘世里。

写诗亦如采薇。这古老的手艺,却被繁复的人心弄得越来越沉重。然而,真正如飞廉者,入山隐居,简朴采薇,又能有几人?

想起早年一位诗友。他是我们那个时代最意气风发的诗人之一,后来他疯了,每天穿一黑色风衣,戴着墨镜,在大街上迅疾如风地掠过。每遇熟人,必拉住你到墙角,神秘地告诉你:你看,后边那人便是跟踪我的人,都好多年了。

还有一位诗人,生长在江南。某个雨夜,他驱车赶往异地,不幸罹难。那在异地等他的情人,最终等到的,是他的诗,还是他被诗歌浸透了的魂灵?

寒　露

"大先生,早呢!"村南头教书的先锋,刚走过自家门前的篱笆,便遇到了大先生。他下意识地伸手在上衣口袋里摸了摸。那里插着两支钢笔,一支装满墨水,另外一支只是空壳。

大先生端着小泥壶。说他是大先生,其实不确切,他应是二先生。从前,他叫亚先生。亚也就是二的意思。但是,后来就成大先生了。大先生八十多岁,是村子里唯一留着白胡子的老人。他面容清癯,体形中等,只是背稍有些佝偻。他打量着先锋,说:"下霜了。寒露了。要走人了。"

在村子里,要走人的意思就是要死人。先锋说:"哪能呢?一村子的人都活得旺劲得很!"

大先生摇摇头,自言自语道:"是要走人的,要走人的!"

先锋去了小学校。一路上,果然就有霜了。昨天黄昏,他回来时,草都还是青绿绿地撑着,现在却都往泥土里弯着,神情也疲累。霜是薄薄的一层,绒绒的,像十三四岁男孩子唇上刚长出来的小胡子。先锋蹲下身子,看了会儿薄霜。远处,刚收割后的稻田,稻桩上立着只小鸟,灰色的,朝先锋看。更远处,那些树竟然都落光了叶子。真的就是一夜之间!南方大地忽然就清瘦了下来,接着,大地便向坚硬与黑漆行进。最后,大地上的一切,都进入泥土。

是的,进入泥土。先锋想到这,再回味了下大先生的话。他起身走路,一股子寒意就从刚才蹲下的双脚边上行了。

　　这是寒露那天的清晨。村庄同无数个寒露的村庄没什么两样。但有一点可以肯定:每个人眼中的寒露是不一样的。先锋看见了薄霜,看见了灰鸟。而大先生,看见了先锋口袋里的那支空壳钢笔,他还看见了日渐沉重的步子,看见了转过村角那长着青桐的祖坟山上,薄霜下的黄土,正打开一角。

　　寒露过后七日,大先生无疾而终。

　　先锋得了大先生的小泥壶,他为大先生作了副挽联——

　　八万虬须小老头,一介寒士大先生。

吴 山 镇

吴山贡鹅是吴山镇的特产。吴山镇是长丰县的一座小镇。镇西北有座寺庙,建筑制式都很不错,可是几乎没有香火。我问寺内仅有的一个居士。居士说:这地方的人如今都不太信佛了,所以……她瞅着寺门,说:所以,这地方虽然富裕,却没什么神气。

我愣了下。我还真是第一次听见这样的论断。而且,在中国广袤的大地上,寺庙香火越发鼎盛。然而这吴山小寺,因何如此寂寥?寺中古树说明了它是有故事的,从最早的吴王杨行密,到流传于世的百花公主,这故事对于一座小寺来说,足够敷衍。但是,这里真的是寂寥。时令正是暮春,万物正向着极盛过渡,寺却不闻不问,连同这唯一的居士。我看她在墙角栽了棵芭蕉,便又问:寺内没有当家师?

有!来了,又走了!

那这寺咋就这么没香火呢?

信佛的人少了。都信洋教了。

这"洋教"二字,一下子戳破了最后的窗户纸。一百多年前,所谓的西方宗教传入中国,其间的错综并非此文所能记载。

我叹息一声,出了寺门。夕阳西下,晚鸦掠过。

吴山当然不仅有这寺庙。贡鹅的香味,在天空中飘荡。曾经的战争之地,已是尘归尘,土归土。镇子南边有大片荷田。蜻蜓在荷叶上打坐。而更南边,是古庐州。我就居住在其中叫作百花井的那条巷子边。百花井是百花公主的府第,如此想,忽然间,距离便消失了。黑白弥漫的山水行程,在吴山这地方,慢慢就绾成了一个结。

结的正中应是那座小寺。我知道它的名字,却不愿说出。

至　　味

至味唯蔬菜,相亲只苦茶。温经略上口,习字偶涂鸦。有梦依萧寺,无情到菊花。未能佛弟子,且近僧生涯。

——苍虬老人的诗,赵朴老的字,喜爱至极。

以上这段话,摘自太湖余世磊先生的微信。世磊好佛,且精于佛法,他对佛的研究与虔诚,并不在口头和文字上,而是在踏踏实实地做事上。这些年,他越发沉静,往来于大小寺庙,收集各种与佛教相关的典藏。他对同出生于太湖的中国佛教界赵朴老相当尊重,尤其对其书法有深入的研究。此微信即是明证。当然,我更看重的是这首诗。其中"未能佛弟子,且近僧生涯"恰好就是世磊的真实写照。

诗中开篇即提到"至味"。所谓至味,于饮食,则是快于唇舌,悦于胃肠;而于精神,亦有至味。那至味则是通于天地,合于八极,于心相融,于情相生。

早年,在南方广袤而贫穷的乡下,至味是吃得饱的一碗白粥;后来,是和着咸菜炒的咸菜肉丝;再后来,至味是乡野上那些日常的菜蔬,甚至相亲只苦茶了。而精神上的至味,很多年来俱是荒芜。在长久的荒芜之后,突然有一天,各种味道如同海水漫灌而来,泥沙俱下,来不及选择,便已经被掩埋。掩埋久了,更大的荒芜窒息了生命。黑暗之中,抬眼一望,四野空寂,于是便想起至味。至味何来?

苍虬老人的回答是:且近僧生涯。

并非必得进入空门。我的另一位老师黄复彩先生,长年为佛学院和各大寺庙讲经,然而,倘若见面,他从不主动言佛。在俗世生活中,他活得清淡;在近僧生涯中,他活得有情。这大概才是真正懂得至味的人吧。

写到这,正好看见黄复彩先生更新了一条微信朋友圈。图片上是茶壶一把、青瓷小碟一只、青瓷钵一只。碟中有茶,素黄;而钵中应是粥,他配了两句诗:

一曲闲茶别无事,淡粥养颜浊清欢。

廓　　大

四季之中,秋天最为廓大。天,高远;地,迥阔。鸟迹,悠长;星辰,绵邈。

大地上,万物都在进入另一种姿态。时令之手,将抚摸过所有的额头,感知事物在充盈、丰腴与爱情狂欢之后的那种逐渐沉静、典雅与芳香。而这之中,有一种植物,将秋天的廓大一下子收拢进来。那便是——柿子。

一枚柿子,十枚柿子,一百枚柿子……甚至,一万枚柿子。柿树很少成片,往往是一棵,或者三棵,站在村庄的转角处。柿叶硕大,更多的时光,柿叶遮蔽了它的苍老的枝干。但秋天一到,柿叶退位。柿子的青色、浅黄、金黄,开始点亮角落。在淮河边上的门台,那三棵柿子树将杂草、颓废的厂房都省略了。

只有柿子树。因此,目光所及,一下子廓大起来。柿子金黄,除了柿子,枝干亦被掩去。乡村上的土语,远处稻田里的麻雀翅影,再往北,重阳的气息正在弥漫。廓大,已不再是一种遥远,而是将村庄掏空,将村庄上的人语销蚀。一对老夫妻坐在夕阳下。这是门台仅有的一对老夫妻。这荒废的村子,这廓大的杂草与南方渐渐清寒的秋天啊!

老夫妻说:摘吧,摘吧! 反正也没人吃。

却没人摘。

柿子将所有收拢的天空打开,然而却找不到归途。南方大地如今的空寥,甚至,老夫妻叹着气说:连鸟儿也看不太见了。以前,柿子可是鸟儿们过冬的食粮呢!

临淮镇与野秋葵

更多的时候,废弃形成了一种让人难以遏制的美。这或许是人性深处的阴暗。当然,明亮是花开的部分,享受花香,烛照花颜,看似怡情,但,随之而来的,也许还是最后的寂灭。万物了了,一旦想到或懂得此意,人性最深处的阴暗——对废弃也即死亡、消逝的尊崇,便油然而生。

在临淮关,一行人避开了古镇尚存的繁华,而选择了临河废弃的月街。

月街半里地长,从前是淮河一带重要的商业集散地。两旁皆店面,后临水,前临街,石条铺地,块石山墙。即使从现今已半倾圮的那些店面来看,依然能寻见往昔的某些影像。人流与物流,从淮河两岸蜂拥而来。逼仄的月街,更加展现了世俗的兴衰。

古濠州城的城墙,成了月街临水的最后屏障。沿着月街每三五十米便有条巷子往河边走,那巷子宽不过三尺,淮河石被磨得精光;再下面,一千七百多年前的城墙用的多是凤阳当地的凤阳玉石,当然也有大量的汉砖。有些砖上还刻着铭文。比如手头这块,上面刻着:阳澄县制。

回到月街上,除了这一行走淮河的所谓文人,就是那空着的窗洞,半斜的门槛;从门前往里看,店面幽深,蛛网上一只硕大的蜘蛛,气定神闲。它比我们中的任何一个人,都更有资格和更懂得这月街,懂得这临淮镇,懂得淮河滔滔不息的流水……它懂得的,早已被它忘记;而我们来倾听,无非都是被岁月再一次清洗了的逸闻。

倒是月街上的那丛植物,让所有的人有了兴趣。高杆,叶子几乎落光,仅剩下的三五片叶子,呈掌形;高枝分节处挂着黑色果实,尖头,伞形身段,颇似市场上近年来走俏的秋葵。有人便以"形色"查之,果然就是"野秋葵"。我们猜测它的用途。忽然从旁边的巷子里走出来个老人,说:"可以泡茶!"

说完,老人又回到了巷子深处。

一行人全愣着。这忽忽而出的老人,这忽忽而来的回答,这忽忽漫长的时光……哎呀呀!临淮古镇,那所有的废弃里,其实也都还有无尽的人声啊!

港　口

　　巨大的拖驳停靠在两丈高的堰墙边,拖驳上没有人,只有几件或红或绿的衣裳晾晒在船头。在拖驳上方,堰墙上立着同样巨大的皮带运输机。沙石、农资、物产,或者其他一应货物,从皮带运输机上直接倾倒上拖驳。那种过程,在离这艘拖驳不远处,正在进行。那上面倾倒的是一种白色的货物,问及同船人,皆不知何物。估计是矿石。临淮港号称淮河上最大的深水港,沿着古濠州城的城墙,淮河水日夜不息。它造就了浩荡流水之势,同时,也造就了两岸奔涌而来的物流。

　　港口像座巨大的葫芦,开口处却并不见太宽。大型的拖驳,小型的机划子,还有各色船只,在港内来回穿梭。我们的船停在中心,临近的那艘船正要开走。船头掌舵的男人,吆喝了一声,也听不清他吆喝什么,反正船上立时就起了马达的轰鸣。在他身旁,女人正望着我们的船。她笑着,脸上分明有水迹。她起身回到船舱,不一会儿,就拿出一只巨大的搪瓷茶缸端在手上,咕噜咕噜地喝了起来,她边喝边望着我们,接着又将茶缸递到男人的嘴边。男人眼没动,头没抬,竟然一丝不差地就喝上了茶缸中的茶水。男人喉结转动,而他们的船,也慢慢地开始出港了。

　　水上的生活。尘世的生活。我们的生活。他们或者更多的他们的生活。

其实,我们看见的只是淮河流水,只是表象上的拖驳与被来来往往搬运的货物,我们看不见流水深处,当然,更看不见拖驳深处,甚至,看不见已经出港的那艘拖驳,还有那男人、女人;逝者如斯夫,不仅仅是时间。但时间是最后的见证者。我们再怎么努力,无非是时间在这流水上所划出的一小痕水迹。如同那女人,她脸上的水迹,对于她,是一生。而对于我们,仅仅是一瞬。

港口巨大。河水巨大。夕阳之后,黄昏来临。黄昏巨大。

我们离开时,唯见水迹在半空中旋转。不远处的古濠州城,已没入沧桑。

2001.12.26 石篱沟

稻 子 与 鱼

稻米阔大无边。在南方大地上,稻米几乎覆盖了一切。

清香。金黄。沉静。稳妥。

从稻米的阡陌上走过,必须要有敬畏之心。水在泥土深处,这一辈辈人耕种过的泥土啊!想起一位诗人写过:泥土又高又远!确实,泥土之高,高在它永远在灵魂和生存之上。泥土之远,远在它广阔过所有的想象。泥土上的稻米,同样是又高又远。春天下种,青色的秧苗,绿色的稻叶,挺直的稻秆。成熟。稻浆的香味。这得蹲下身来贴近才能闻到。对于一株稻米,蹲下身来,是对它最好的虔敬。

稻米养活村庄,养活人与生殖。甚至,稻米养活了坟茔,养活了那些在稻田中游走的鱼群。

浮萍绾结在稻米的秆子上,鱼喋喋在浮萍之间。

我常常想起一个画面:少年蹲在田埂上,鱼群发出银白的光芒。而在前一天,少年的母亲刚刚成为村头黄土的一部分。母亲的坟头上摆放着稻米,腴白的稻米,却难以让母亲重回丰满。少年的泪水滴到稻田里,鱼群过来。鱼群在泪水中抬起金色的鱼唇,少年一下子听懂了那些鱼的语言。那是南方大地对一个逝者的倾诉啊!

稻米和鱼。覆盖一切又激活一切!

四 仰 八 叉

布罗茨基在其经典散文《旅行之后,或曰献给脊椎》中写道:无论这一天过得多么糟糕,或多么乏味,你只要四仰八叉地躺在床上,便不再是一只猴子,不再是一个人,不再是一只鸟,甚至不再是一尾鱼。

布氏在此文中强调了人与世界的对抗性,当然,最终,他期待的是一种高尚的各解。我读到此文时,脑子里除了闪烁的文字与逐渐加深的思想,我更沉迷于他所用的"四仰八叉"这个词。这个词本身就是一种和解,一种放弃,一种放下,一种姿态,一种顿悟。

童年的时候,我们经常在南方夜晚的天空下,四仰八叉地躺在稻场上。被平整过的稻场,在黄昏之后,先还散发出白日的热气和稻子的清香。但渐渐地,夜露下降,地气上升,土地慢慢变凉,即使隔着一层薄薄的竹簟,但仍感到那些凉意往你的皮肤上浸润,往你的经络里行走。但是,它们到此为止。它们掌握了一个最佳的点:它们不到骨头。它们凉爽而不砭人。四仰八叉之中,看天。天往下压,似乎很快就会压到脸上。周边大人们在抽烟,聊天,说鬼故事。或者感叹,唏嘘,沉默。廓大的夜晚笼罩着这一切,所有的人其实都消失了,都融进了这夜晚之中。

虽然,这只是恒久时空中的一个无法被记住或者被镌刻下的夜晚。

然而,那样的夜晚,那样的回到生活的本质,回到人的本质,回到最初的无拘无束,本然与天真。那么,正如布氏所说:不再是一只猴子,不再是一个人,不再是一只鸟,甚至不再是一尾鱼。只是一种本质,通过四仰八叉,消解在比人类更巨大、比我们所能看见的时空更久远的时空之中。

世上最不朽的文字俱来自童年。亦如布氏此文。

慢 的 雨

　　山道上的雨慢,旷野里的雨急;黑暗中的雨慢,灯光中的雨急。窗前的雨慢,路上的雨急。一个人时雨慢,一个人都没有时雨急。

　　如此散漫之想,无法构成对雨的直接而客观的印象。事实上,对一切事物的印象,或者说镜像,都是大脑中的回忆与再过滤。甚至犹如动物的反刍。没有直接的印象和镜像。无非是时间的长短,回忆的简单与繁复,过滤的深入与粗浅。那么,对于雨的急与慢,首先来源于雨所到来的时空与心态。他们决定了雨的慢,或者急。他们将雨置放在特定的情境之中,因此,雨成了回忆与再过滤的介质。我们无可避免地在其中掺入了泪水、感怀、喟叹、绝望、欢乐与言不由衷。

　　年轻时候喜欢读日本文学。再后来读南美文学。私下以为那即是慢与急的文学的两端。雪国的慢,《春琴抄》的慢,《源氏物语》的慢,几乎可以在定格的缓慢与古典中,完成所有的物事与情事。而美洲的魔幻现实主义,即使有马孔多下了多年的雨水,然而,其所变形地甚至是夸张地将时空挤压挤扁,因此本质上,它呈现了急的内在。南方大地上雨水中的草垛,与一堆隆起的泥土,它们所包含的雨水,并非以外在的形象所能衡量。而这些内在的质量,恰恰就是雨水原初所带来的慢,或者急。

我在开始一首诗时,常常被雨水追赶。

而当我写下最后一个标点时,雨水在吊兰的叶子上,从底部到叶尖的滚动,每一个动作都如此迅急,而整个的过程,却注定是异样的漫长。

土　　壤

诗人纪尧姆·阿波利奈尔:我们的双脚无法脱离包含逝者的土壤。

确实,当南方冬日的雾气开始下沉,池塘里的水纹渐渐向塘中心聚拢。塘埂上的树,叶子几乎落尽。没有飞鸟。我们只能遇见逝者——借着高岗、青桐和月色,我们遇见那些喝酒的逝者,那些聊天的逝者,那些模糊而带着鲜明的村庄印迹的逝者。

没有人能脱离。逝者就在土壤之中。就在空气之中。就在谷物、水和梦境之中。

我第一次真切地看见逝者,是我的祖母。凌晨时分,祖母坐在椅子上,弥留的光线,正惨淡地照着祖母的额头。没有言语,上路纸钱无声燃烧。祖母穿上新衣,眼睛紧闭。祖母没有丝毫的痛苦,一碗清水,开始了她另一个世界的行程。

我那时就想:祖母去哪里了呢?

不可能消失。万物都在。只是存在的方式不同。而事实上,我从此再没有见过我的祖母。村庄上再也看不见祖母颠着小脚,与人聊天。祖母先是成了厝基,再后成了黄土之下的坟茔。但我依然没有再看见过祖母。

很多年后,某一个夜晚,在南方的桐花下,我猛然闻见了祖母的气息。桐花中,浮出了祖母的面容。我想伸出手去摸一下祖母的额头,但很快便消失了。如同土壤。浮现在南方水道纵横的阡陌之中,却无法把握。然而,又能看见那土壤里正生长出植物,开出花,结出果。那植物、那花、那果,都有逝者的气息,都有逝者的容颜,都有逝者的骨头与血性。

我们的双脚无法脱离包含逝者的土壤。也因此,我们注定永远在土壤之上,仰望南方辽阔而深远的天空。

酒后，小雪日

忽然想到溧河的水波。那种清洌的波纹，从河的中心往河岸边发散。犹如巧笑的少女，笑意从眼睛开始，往额头与嘴唇行走。我想到这，便有了去溧河的念头。而事实上，酒正在催促着我。小雪日。溧河两岸一定比我更早地感知了节气。相对于植物和水，人是最迟钝的。即使你是灵长类动物，但对世界和万物的内心，以及自然，更多时候，人是在出现现象后，才生发感觉。而植物与水，是在现象还未萌生时，它们已进入了自然的节奏，成了自然和幽冥的一部分。

最好是黄昏时分。溧河的水波，将小雪日阴沉的天空全部收拢进来。天空如同失恋的女人的脸，或者是被一首诗击中的诗人的长发。天空在水里，而水波将酒气、云烟气，聚拢且又驱散。这个过程，漫长而静寂。我望见灯火从远处的山峰上亮起。城市正如丛林。人心亦是荒凉。所以，我在这溧河边，看小雪日，看那只孤独的蝉蜕。夏天时，我曾听过它的鸣叫。甚至在梦里，它饮过秋风，除了死亡，没有什么能配得上它的高洁。

旧　作

冬雨,夹着细雪,浉河边的树木陡然萧瑟。向晚的灯火,映在河水里,竟然凝住不动。而近处,人来人往,车流密集。自然只是生存的背景,生存依然一往无前。

我从百花井出发,细雪打在脖颈上凉凉的。突然一回头,觉得如同一只手指,冰凉地掠过。这或许正是旧作。

——旧日的时光。旧日的天气。旧日的诗歌。旧日的酒席。都是旧作,连同人本身,也是旧作的一部分。

阜阳路桥边的小花圃里,开着一小丛黄色的花。季节已穿越了南北,因此,让人无法因为自然的更替,而适时地交换身心。那些陈旧的,一瞬之间,就成了挂在构树头上的最后的果子,干瘪、漆黑,毫无诗意,却坚硬、苦守和莫名的纯洁。

想起前些天黄昏时看到的一句诗:我烧掉旧作,仰望你诗句中的北斗七星。

写诗的人叫飞廉。据说他住在杭州。前些年他住在山上。他的诗有暮年的气息,有陈旧的味道,有往事的哏,还有如同这浉河水凝住般的沉静。

于是想:每天烧掉一首旧作。

仅仅一首。

生命的后半程,大概就是用来烧掉旧作的吧?

消失的时间

一个人,终其一生,真正地拥有过时间吗?

没有。个人的时间,永远都只在广大的时间之中,如同这夜晚之雪。每一片雪花,都在广大的雪花之中。我们不可能看见。忽视个体正是对整体的重视。一滴水,无以推动溆河向前流动;而一河水,则用每一滴水的消失,推动了岸、石头、码头和夜晚的灯光。

构树上掉落的果实,吊兰的阴影,正在被拆除的大厦的砖块、钢筋,过了桥,那边突然驶出来的车辆,再往前,从药店里神情诡异地出来的女人,保健品店,天桥,停滞了的人行道……所有这一切,都曾经是时间,又已然被消失。存在即是消失。我在人群之中,事实上也正在被另外的人群消失。我曾在我的小说《百花井》中写道:个人是没有历史的。同样,个人也是没有时间的。

从前在乡下,听老辈人说过一个故事:一个吝啬了一辈子的人,临死时手紧握着,家里人无论如何也打不开那只手。无奈,只好让其握着拳进了棺材。但就在棺材盖合上那一瞬,那手松开了。松开的手里,什么也没有。

他以为他握住了自己的时间,或者说通过财富这种形式物化的时间。其实,都是空的。他成了后山祖坟里的一堆黄土。时间只在那坟头上的老桐树枝上扫了一下,再次消失。我们所说的年代久远,无非是内心的遗憾与追思。而年代,所有的时间的象征物,都不曾被我们握住过。

那么,回到这夜晚之雪。真相在于:它早已来过,或者说一直都在。雪一直都在。我们只是被雪收拢成了经过它的另一片雪花。它视而不见,所谓的感伤,所谓的抒情,所谓的往来,都只是我们自己内心绝望的观照。

凌晨的天穹

青色,白色……深青色,乳白色……青色,白色……

这是凌晨的天穹。一万米的高空。平生第一次在这个分界线时刻,飞行在天穹之上。天穹无边,只有到了空中,才真切地知道"无边"是个什么样的概念。更多的时候,我们将狭小的笼子理解为无边,将天际线理解为无边。但事实上,天穹之上,无边之外仍是无边。无边只是一个概念,而不可能是一个真实的宽度,或者长度。

我期待着天穹之上能有回应。很多年来,每每坐在飞机上,看着堆积的白云,就产生一种强烈的想跳下去的冲动。那种冲动,甚至演变成了一种愉悦、快感,那种冲动不断地撞击着机舱的内壁,发出叮咚之声。

现在,我期待着另外的更接近心灵的回应。所有地球上的逝者,是不是在天穹之上都有痕迹?倘若不是,那么,天穹之上一定有另外与人类共有着苍穹的生灵。他们穿梭于天穹之上,在他们的眼里,地球无非就是一颗星星。而地球上不绝的生死,也无非就是普普通通的物种的进化与演绎。

想看见飞碟。想看见突如其来的访客。想看见星星悬挂在眉睫之上。想听见天穹之上凌波而来的回声。

凌晨,青色与白色交替。天穹之上,比空更空。

而我却觉得:我们一定在被注视,在被观察,在被研究,在被关怀,在被遐想。

而这一切,我们都不可知。不可知便是距离。距离现在是一万米。天穹之上,凌晨,一个人还原了他所有的轻。

幽冥(一)

酒席正要开始。这是溮河边上一处仿古的宅子,进门有树桩盆景、假山、流水、青砖的照壁……然后是酒。一行人,从城市的雨中赶来。灯光打在壁子上,有副对联。书法一般,但装裱颇见功力。

许多的话都忘记了。本来是无缘世俗的一场聚会。而事实上,确实是无缘世俗。世俗是人心真正的回归。如同溮河的水,一万次地溢出,到头来还是得流向终点。而终点,我们谁都看不见。酒在杯里,倒酒的那只手却已转过去了。

猛然,两个字击中了我——弟弟。席间有人站起来,说:你弟弟是我高中同学。然后问:他还好吧?我愣了下,又愣了下,只是望着他,说:啊,啊,啊!

幽冥。这偌大的宅子,这酒,这席,这些晃动的面孔,这些盆景,这些假山,这些流水,这些青砖,这面照壁,这些漫漶的时光……幽冥。所有的人都退场,只有"弟弟"两个字了。

一种切肤的感觉。一种踏浪而来的感觉。一种忽然一下子沉下去,又一下子泛起来的感觉。

一直坐着。雨在下。酒在饮。时光在走。人在说话。面在微酡。夜在深。

一直到离开,拉住席间问话的那人,悄然地告诉他:你问到我弟,你们是同学,所以得告诉你一声……我弟弟他去年端午节已走了!

啊!走了?那人也一下子沉了下去。我转头就走。幽冥却跟着我,一直成为无边的冬雨的一部分。

歌　　者

我一直想写写我们村里的陆女子。四十多年前,我第一次听她唱歌。她唱得是《南飞的大雁》。唱得那个好啊!全村的人都这么说,甚至,全公社的人都这么说。

当然,后来,全县的人都这么说。

我一直想写写她。但是,我并不知道唱了那首歌之后的陆女子,她过着怎样的生活。她虽然也在我们村里,可对于一个孩子来说,她仅仅是一首歌——清亮,甜美,像大雁。而她真实的生活与未来,却无一例外地被忽略了。

也许村子里的人并没有忽略。村子里的人,看村子里的其他人,都如同看一棵树,看一堆草垛,看一瓣花,看一滴雨,看一溜冰……可是,他们看过后并不言语。也不会像我这样,在很多年后想起来要写写陆女子。他们只把一切看在心里头,看着看着,便带去了村子后面的那块祖坟山上。

我觉得村子里的人没有错。看着而不言语,是对的。像我这样,突然想起来,要写写,也是对的。我想写写陆女子,可是我找不着陆女子在这村子里的气息。村子已经没有了,拆迁,大规模的工地,机械,废弃的窗户,颓败的南墙。那么,我该如何写陆女子呢?我想在一个黄昏,回到村子里。可是,路都没有了,我怎么回去呢?

那么,我就在文字里写写陆女子。我写这个女子,唱着《南飞的大雁》,清滴滴的,像水。后来,她唱着唱着就老了。老了的陆女子,混迹在唱葬歌的队伍里。她一连给人唱了七天,每天的歌词都不一样。她唱着唱着,日升月落;她唱着唱着,斗转星移;她唱着唱着,花谢花开;她唱着唱着,冬去春来。

后来呢?后来……

我想象到七重莲花。陆女子每唱一天,就是一重莲花。她唱啊,唱啊,她唱得那个好啊——全公社的人都这么说,甚至,全县的人都这么说。

当然,全村的人更都这么说。

往南还是往北

黄昏时,外乡人挑着一副担子,站在路口。路口边有一棵老樟树,外加一口池塘。一南一北的道路,从老樟树下分开来。往南看,云雾缥缈;往北看,芳草无边。而更远处,山将南北都写满。南方大地,在这里写下了第一个句子,然后将继续往下写的使命交给了外乡人。

外乡人没有犹豫。真的,没有一丁点儿犹豫。他径直地往南。

云雾缥缈,老樟树朝南的叶片,都是湿漉漉的。云雾之中,道路晃动着,一会儿跳到眼前,一会儿又隐身到脚下。脚步也如同踩着棉花。那棉花里偶尔也有坚硬的棉籽。棉籽硌在脚上,猛地一疼。外乡人蹲下身子,摸摸脚跟,然后再往前走。

他一直往南。

事实上,没有人会追究这个外乡人往南的结果。在乡村,往南往北,道路都通向炊烟、土语、清瘦的面孔、奔跑的孩子、高大的青桐和插满标子纸的坟茔。

但是,他为什么就那么坚定,一丁点儿犹豫都没有?

没有人问他。他也不可能回答。外乡人经过了无数的路口,经过了无数的往南,或者往北。往南,他得到一碗清水;往北,他同样得到一碗清水。在南方浪迹的日子,外乡人已将所有的道路都走成了同一条道路,将所有的乡村都走成了同一个乡村,将所有的人都走成了同一个人。

　　外乡人会参加葬礼,为死者哭泣;他也会参加婚礼,欢快地吮着喜糖。外乡人还成了往南或者往北的道路上的许多人的干亲。他会在一碗青菜面里,成为某一个孩子的干爸爸;也会在某一杯老酒里,成为某一个老人的干儿子。甚至,他还曾成为某个女孩的干哥哥,他给那个女孩皮筋、花朵,然后……外乡人永远没有然后,他只有将来。他一生都站在老樟树下,往南或者往北。

净 土 莲 社

穿过余家湾的那些小巷,沿着一条细长的流水,黄昏时分,到达净土莲社。里面有诵经之声,我便立在院子里。一丛芭蕉,正融入黄昏的幽冥。香火的气息,也开始慢慢散去。这即将到来的夜晚,应该是真正属于这些修行人的夜晚了。

我一直以为,香火是一种清供,也是一种打扰。

修行本就是姿态。当年弘一法师苦修悟道,但是,果真得道否?法师圆寂之前写:"悲欣交集",这是大悲悯,或许也是大彻悟。而众生觉悟平平,读出的或许更多是大苍凉!如此讲,这莲社的黄昏,便是一个奇妙的节点。祈求的人们回到了世俗之中,莲社的风铃也停下来了,香火也渐渐熄灭,蒲团上跪着的背影,那才是真正地进入了内心的背影啊!

一缸清水,一片荷花。越来越重的黄昏的影子,拖长了莲社的静寂。记不清是多少次了,只到这里来走一走,待上一会。从前,与那个已经圆寂的老师太讲过些话。那些话,甚至比俗的话更加世俗。可现在想起来,那都是最有意味也最有嚼头的话。修佛亦如种菜,老师太说,种得好不好,外人并不知道。只有自己才能看得见,那些虫子是不是钻进了菜心?或者,那菜的根部是不是早被雨水给浸烂了?

那么,佛呢？我问老师太。

老师太说:哪有佛？佛在哪里？

我沉默。那时也是黄昏。净土莲社的西墙上居然还停着一小缕阳光。而近处,余家湾里,炊烟正在升起;稍远一点,那废弃的教堂顶上,一只鸟正掠过十字架的影子。

序　　章

　　我们常常纠结于序章。万事万物的开始,在南方大地上其实都有定数。但更多的时候,我们在等待。河流会从冰封中化开,泥土会从冬眠中苏醒,蚯蚓会从墓碑的深处蠕动身体,古老的坟茔上会冒出丝丝热气……

　　然而,每一次在等待序章的过程中,我们无一例外地发现:序章永无终结,也从未开始。大地永远空旷,坟茔永远沉在暮色里,一代代的人来过,一代代的人又远离——所谓的序章,我们看见的都只是万事万物的表象,或者说是真实的序章在世俗的时空之中投下的倒影。我们只截取了一个我们自认为存在的点,但更多的点,隐晦深邃。直到死亡,直到接近落幕,眼睛里流出的依然是清水。而清水的源头,没有人看清,却已经开始枯竭。

　　南方乡间连绵的阡陌,一下子洞穿了序章这人世间近乎透明的秘密。那些穿着蓑衣的人,那些挑着莲藕往集市上走的人,那些坐在田头抽旱烟的人,那些望着不远处的村庄上飘起的炊烟的人……如此密集如土地一般稀松的人们,他们知道。他们听见了序章,他们甚至看见了古老池塘里那口两千年前的棺。他们想起那个即将离世的老人,他弓着背,慢慢地走进低矮的属于自己的坟茔。然后,时光消逝。然后,寂静无声。然后,那唯一的门被堵上了。然后,一塘清水覆盖在这棺之上。

一切的过往,其实才是真正的序章。一切的消逝,其实才是真正的开始。

坐落于华盛顿宾夕法尼亚大道的美国国家档案馆,宏伟庄严,如同一座庙宇。在其入口处雕塑的白色基座上,用英文镌刻着一行字:"What is past is prologue(凡是过去,皆为序章)。"

春　雪

　　春雪与黄昏有缘。往往是黄昏之时,南方大地上渐渐陷入沉静。此时,远山正往近处挪动,漠漠水田里,那些水鸟翻完最后一棵稻桩,慢慢地抬起头来。它们好看的羽毛成为黑夜来临前最后的一缕光亮。它们看着正越来越迫近的远山,稍作思考,便振羽而飞。很快,它们便成为黄昏的一部分。而就在它们正将消失时,春雪来临。如此一想,春雪似乎是迎着那些水鸟的羽毛而来。或者说,春雪是被渐近的远山的那片巨掌抛撒而来。

　　行路的人,本来正在想着前方村庄里的故人,想着那陈年的老酒,或者那被一次次在梦里呼唤过的名字。名字是谁的,已经不重要了。多少年的时光都过去了。行路的人,每年都走在这路上。路在河边,南方的河曲折清亮。行路的人正想着,额头上有了一丝沁凉。他并没迟疑,他脱口就说出了"雪"。雪,慢慢地就大了。行路的人,开始计划着今晚去敲响哪一扇窗户了。

　　当然会有酒,会有风情,会有春韭,会有忽然成行的儿女,会有无边漫漶的往事。春雪到时,村庄上很多的人已经在村头的祖坟里了。桑麻、田池、婚嫁、老宅……春雪漫山,或明或暗的世界,都呈现出南方特有的湿润与勾连。

　　而雪,成就了这一切。春雪只是一种引子,泥土只是一种引子,行路的人,只是一种引子。所有的引子都无非是要覆盖住这广袤的土地。并且借此去迎接同样浩大的远山。

幽冥（二）

老友相聚。酒到酣时,忽然幽冥。

一种早年走在坟地里的寂旷。想起老家栀子河边那块隆起的山地,它用一大片谷地连接了村庄与学校。小学五年级时,勤奋的班主任留我们在校晚自习,结束时大多已是十点左右,村庄灯火寥寥,大野无声。一个十来岁的孩子走过那片隆起的山地,然后便一下子陷入了谷地之中。抬头看不见村庄,低头是泛白的月光,总觉得后面有人,却不敢回头。少年的心,生出无数恐惧的细毛。好在这细毛正长得疯狂时,谷口有了人声。是母亲在呼唤。而那在谷底的感觉,便如沉进水底,甚至连挣扎也不曾有过。

后来在西山。正午,我一个人在成群的墓碑间流连。这些墓碑,或高或低,或大或小,或张扬或低眉;墓碑上的文字,或长或短,或辉煌或静默,或如火炬,或如灰烬;而那些名字,特别是刻在后面的子孙们的名字,很多都为我所熟悉。这样,这些墓碑便同我发生了关联。我为此揣摩,试图还原墓主的人生。当然,这不可能。墓群间空气凝结,正午的阳光照在墓碑上,恍如隔世。所有的揣摩,都不可能到达。天地之间,墓与我均已消失。那种感觉,几近于无文字可表述。

而酒到酣时,忽然幽冥。这种幽冥,便是少年时进入谷底的恐惧,便是流连在墓群间的恍惚,便是——

　　我知道,更多的时候,我的灵魂并不在自己身上。我期待着站在高处,成为幽冥的一部分,成为谷地的一部分,成为墓群的一部分,成为黄昏那明暗交接的一部分。

恍　　惚

　　日子明显地长了,但黄昏仍在。黄昏在,恍惚便在。

　　恍惚是随着野外草尖的幽冥开始的。虫子慢慢地回到草地根部,不久前,它被一只水牛的蹄踩中。当然,它无恙。在乡村里,所有的动物都在伤害中结成同盟,一如我那含着水烟袋从村东头数落到村西头的茂二爷。

　　茂二爷并不是我们村子里的人,但是,他比村子里任何一个人都更熟悉村庄。他时常蹲在村头,蚂蚁在他的手背上爬,写着纵横交错的文字。他读着,说这是唐诗——白日依山尽。你看,他指着蚂蚁,说,你看,你们看,它们写得多好,日头正挂在山边上,慢慢地,慢慢地,快看哪,不然就真的"尽"了。或者,茂二爷站在宗祠台阶上,虽然他是外姓,但村庄已经接纳了他。他指着宗祠屋顶的瓦上透出的一柱柱亮光,说:看见了吧,那是九世祖,坐在最左边,他长胡子,高鼻梁;在他边上,那是十世祖;再往下,是夭折了的十世祖的小弟……

　　那一刻,整个村庄都恍惚了。

　　恍惚是南方乡村常有的状态——听茂二爷说话时,恍惚;看炊烟飘过树梢时,恍惚;想起栀子沟边离去的养蜂人时,恍惚;某一天,村东的青桐树忽然落光了叶子,站在树前,恍惚;而黄昏则是整个村庄最大的恍惚——

  事物进入临界点。村庄似老非老。一定有人想留住时间,就像很多人想留住油菜、小麦、玉米、水稻、南瓜、蛇莓,也就像许多人想留住孕肚、母乳、第一次剃头时的落发、沿着村前小路嫁往外地的姑娘、叹息、酒与古稀时浊泪……

野　　花

诗人张执浩让我喜欢。他有首著名的《高原上的野花》:

> 我愿意为任何人生养如此众多的小美女
> 我愿意将我的祖国搬迁到
> 这里,在这里,我愿意
> 做一个永不愤世嫉俗的人
> 像那条来历不明的小溪
> 我愿意终日涕泪横流,以此表达
> 我真的愿意
> 做一个披头散发的老父亲

写得多好!每读一回,我都想流泪。我也想做那个披头散发的老父亲,想在村头,看那条来历不明的小溪,想做一个永远都不愤世嫉俗的人。这多好!

诗歌无非是心灵最深处折射出来的光亮。早些年,当我还是十来岁的孩子时,因为偷吃了邻家的香瓜而吓得不敢回家,晚上无处可睡,便躲在村前的油菜田地。油菜茂密,形成了一张青色的网。我躺在田沟里,仰着头,努力地向上望。先是黑暗,然后黑暗加深了恐惧,恐惧再回头浓密了黑影,如此交替,我几乎要从田沟里爬出来。但就在那一瞬间,从茂密的网中,一粒粒豆子大小的光亮,像猫的爪子,悄悄地伸进来。光亮抚摸着我的额头,向下,到达我的嘴唇、下巴、胸部,再往下,一直到脚。我慢慢地就安静了。村庄上油菜田里的安静,是和着虫鸣的,是织着清香的,是浸润着苦难日子后总能生长的诗意的。

一如张执浩在高原上的吟唱。做一个老父亲多么幸福!同样,做一个躲在油菜地里的孩子多么幸福!以至于多年后,我回到栀子沟,还想躺进油菜田里,但茂密的油菜拒绝了我——她们比从前更密、更深、更安静!

雁　　鸣

大雁具有"五常"之德："群起群飞,携幼助孤,仁也;失偶而寡,至死不配,义也;依序而飞,不越其位,礼也;衔芦过关,以避鹰隼,智也;秋南春北,不失其时,信也。"古人如此看重大雁,事实上是从人的角度来考量的。人是万物的中心,因此,所有的思想与价值标准,均从人的本心出发。从这个意义上看,对大雁甚至对其他事物的评价,也只是人心的一种观照。而这些被评价的事物,它们永远生存与生活在自己的天空与疆域,它们遵从的是它们自己的法则与规度。

每年春天,第一声春雷刚过,夜晚,八九点钟,乡下的油灯已灭,这时,刚刚躺上床的人便听见从天空中传下来的雁鸣。雁鸣遥远,带着关山千重的风霜;雁鸣苍茫,携着冬去春来的艰苦;雁鸣清寒,如同木铎,叩击着乡村之夜与亘古人心。雁鸣每年都来,而乡村里倾听雁鸣的人每年都不一样。逝者已入黄土,雁鸣成为黄土上的露珠。而生者,去年在雁鸣中遐想的人,今年已在异乡。

雁有"五常"之德,然而,南方大地空旷无边,对于雁,乡村里的人们看见的更多的是时间。时间带来雁鸣,同时也带来温暖与春天。雁鸣一起,青桐发芽,老楝树返青,土地的腥味更加浓重。说书的人回到村里,故事被绾结在眉毛上,而秧苗和后园里米粒般生长的春茶,充溢着他的眼神。抬头南望,雁影还挂在天空之上。他想起那些大大的"人"字、"之"字,说书人一笑——这些雁聪明着呢,它们也是读过很多很多的古书的,也是唱过很多很多的戏文的。那么,它们也是经过很多很多的生离死别的。

如此想,雁鸣就成了南方大地的一部分。它们秋去春来,阅读这清苦的人间风景。

倒　　影

倒影里有人间的气息。我是说河水。正是黄昏,沘河被天空压低,倒影从不同的角度呈现出来。而那些真实的事物影像,却渐渐消失。往往是——我们更多地关注倒影。因为虚幻更接近于想象与心灵。

钓鱼的人近乎树桩,黑漆漆的,枯坐着,不言语。因此,鱼啜食的声音大于他们的声音。河水的声音大于鱼的声音。天空压下来的声音大于河水的声音。

而这一切,对于我,如同简约的小道排斥诗歌,如同石桌石椅排斥爱情。我只看见河水中的倒影。它们以铺陈之势,涌进胸廓。倒影粗放,大写意般,将云彩与山峦次第呈现;而云彩的边角上,或者山峦的最右边,那棵树,千百年了,古怪嶙峋。谁也不可能知道另外的故事,除了自己。没有人能对别人的故事做出合理的注释。想懂了这一点,便对黄昏有了更深的悲悯。

我时常在小径上停下步子。台阶有些湿滑,各种植物都安静且有秩序。昨天经过的木槿,今天开出了粉白的花朵。木槿需要倾斜,倾斜便有古疏之美。早年乡下园子的篱笆,便是木槿的天堂。木槿微苦、辛辣,但一样是大地的清供。万物皆有定数,因此万物不绝。而人心往往僭越定数,所以人心不古,百年无非一瞬。

唯有倩影,他们也收纳了木槿、高大的槐树、香樟,低处的书带草、羽葵,以及正在草叶上闭目的蚂蚁、蚱蜢,还有树头上青色的鸟鸣……

走 马 岭

注定之地。一生中,总有一些地方,你无法回避,比如走马岭,桐城龙眠山中的一座低缓的山峰。山上树木寥寥,茶地正开出黄白的茶花。前年种下的灵芝,被收获后如今仍有遗漏。只是灵芝无水,枯寂如同老僧。沿茶棵间的小径往上,便是祖宗们的坟茔。走马岭,从此成为血缘中的源头。

八年前,在栀子河边,整个家族的人,没有谁想到走马岭这个名字。那时,祖茔在村庄之东,桐花开放,青草葳蕤。清明时节,祖茔上纸灰飞作白蝴蝶,被一方塘水映照。我们已习惯于在那个地方,与祖宗们见面,聊聊村庄上的事情。但是,村庄消失了,祖茔也随之迁移。走马岭,忽然之间如同一道闪电,照亮了祖茔迁移之路。冥冥之中,走马岭被烙上祖先们的名字。松树、榆树、杉树,与桐花完全不同的风景,却一样亲切、安宁、沉静。我后来有一天问主持迁坟的父亲:如何就选了走马岭?

——祖宗们托梦的。父亲一句话,听似轻描淡写,却极隆重。

父亲老了。父亲主持完迁坟事宜后再也没去过走马岭。每年春天,我们上去,杜鹃花一年红似一年,祖茔渐渐回到了桐花中的模样。阳光澄澈,天地空旷。我们立在祖茔前,偌大的走马岭,缓慢展开古老的道路——每个人都试图进入血缘的源头,而最终,在

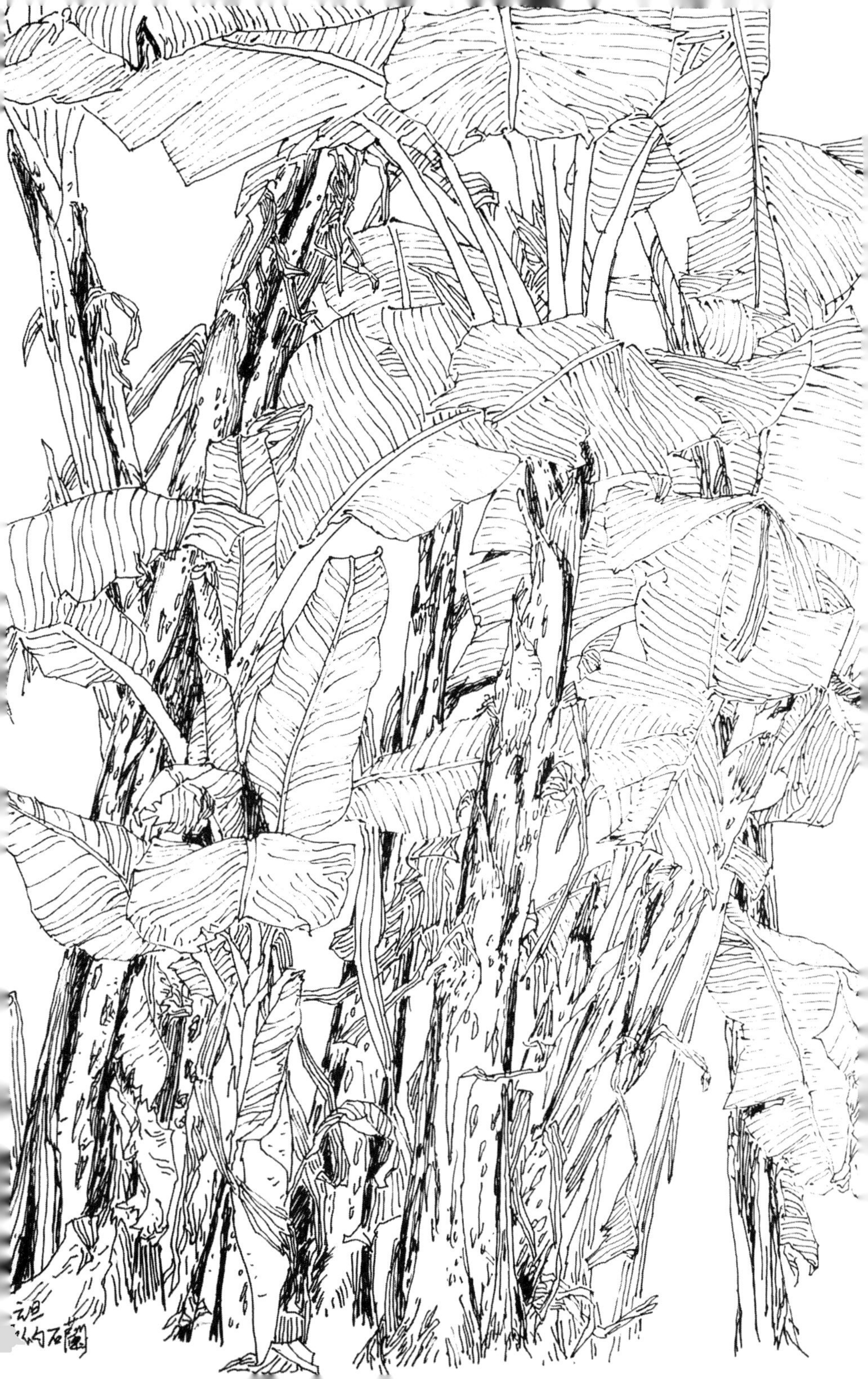

巨大的沉寂面前,我们永远成为时间的失败者。相对于祖茔,时间已进入黄土,已成为它们的一部分。而相对于站在走马岭上的我,时间如同流云,我只是马蹄下的一缕轻风。

午　后

　　将阳光折叠再折叠,午后,我站在大厦的顶层露台上,阳光奇妙地从云层中绕了个弧形,然后,它到达葡萄、金银花与对兰,同时也到达我的头发、脸与身体。我努力地将其折叠,然后塞进身体中寒冷的部分。夏至已过,湿热弥漫,而身体内寒冷的部分,依然存在。它蛰伏在骨头之后,顽固、游离、放荡而深入。

　　由此,我想到阴影。一个在阳光中的人想到阴影,这构成了一种生活中难以解释的悖逆。但是,只要稍微贴近事物,我们就能窥破奥妙。葡萄向下的叶片,含着忧郁;而对兰,朝向阳光的叶片,光滑、洁净,但背对阳光的叶片,却布满斑点。金银花开始枯落,阴影藏在根部,一些黑色的小虫子,栖息其中。在远处,其实也还在露台,红杉停止在一米的高度,阴影限制了它的扩张。与它邻近,凌霄花举着杯盏,承接自上而下的雨露。然而,它最终被杯盏中的那一片深色区域遮蔽。我们看见的,往往都只是光亮照亮的那一切。而阴影,却往深处行走。

　　没有人能抵挡它的脚步。

　　因此,午后,我企图折叠阳光。用它制成勺子,圆圈,细微的探针,水壶,能够到达花心的雄蕊,一只能张开的锄头……借着它们,到达阴影与寒冷。当然,它们必须存在。而它们存在的唯一理由,便是阳光的折叠。

　　这个想法已经很久了。此刻,站在露台上,悲悯咬住了内心。寒冷正在扩大,折叠的阳光,仅仅一瞬间,就回到了傲慢的直线。而回头,阴影正覆盖过来,像一场暴雨,和暴雨前的一切。

野　　史

　　天空低垂,野史正是在这样的天气,从乡村的南头一直往北,不断弥漫开来。野史如同野花,毫无节制地生长;野花如同野史,恣意狂放,却在进入册页与镜头的那一瞬间,遁迹泥土。

　　栀子沟流了上百年。亚先生拈着胡须。对于村庄来说,栀子沟就是历史,亚先生就是历史。最小的村庄史,构成了南方大地的漫游史。亚先生沉默片刻,说:"应该三百年了。"他是说村庄,说先祖自江西迁来,时间倏忽而过,甚至不如一根枯枝。枯枝能让我们看见来年的青翠,而时间,亚先生说:去祖茔上看看吧,那些黄土换了一代又一代,可是,他们醒来过吗?

　　野史中,从来没有人醒来。所有人都睡着,睡着倾听后来者的叙述。故事永远属于后来者,属于村庄上对于年成、旱涝、丰歉、生死等等的解释。你信吗?其实信与不信,史都在那儿。村庄只需要一个解释,至于解释有无道理,就像抬头看月,月缺了,月圆了。连漆黑巷子里独居的瞎眼六爷都承认:一切毫无道理。日子只是日子,被天空压着,被泥土托着,被河水洗着,这就是村庄——野史里给每一个村庄一段方言,甚至一段故事。但,事实上,睡去的人从不过问天亮,劳作的人从不企求安歇。

　　野史就是野史。说完了,便成为鸡叫、狗吠,便成为苋菜、黄瓜,便成为投塘自尽的女人、拐走姑娘的放蜂人、参军后再没回来的青年、忽然从北方跑来的亲戚、一个窝在稻场草堆里的异乡家庭、那个会唱歌却突然哑了的民师……天空低垂,只有这样的天气,村庄才沉在野史里。也只有这样的天气,村庄才成为野史的一部分,成为野花举亮的黄昏的一部分。

然而,最终,都消失了。野史被村庄填进了树根,而村庄,被野史抹去了痕迹。

梅　　雨

村庄上并无梅树,更无梅子,但亦有梅雨。母亲说:"身上都快滴水了!"墙壁是土垒的,湿气被吸收,并不可见;但墙角还是有水渗出,灶台上,水浮了一层,腌菜的坛子上更是结着层白霜。这些水,连同身体上快要滴出的水,组成了梅雨季节浩大而沉潜的潮湿、滑腻、黏稠、胶着与缠绕。

雨并不是连续的,在雨的间隙,是无穷的闷热。空气凝结,沉重,压下来,直往身体里钻。植物们最先感知了这一点,它们低垂着身子,借以抵抗。而鸟儿、蜂群、鸡和猪,呆立在沉闷之中。田地里稻子正在分蘖,宽大的稻叶,蒙着乳白的水雾。孩子们额头上沁着汗珠,不停地到门口塘里洗手。回来时,正碰见亚先生,便问:"梅子呢? 没有梅子,怎么叫梅雨?"

"梅子在天空上,下不来!"亚先生回答。

"怎么下不来? 叫它下来啊?"

"雨没下尽,梅子是下不来的。梅子被雨挡在天空上了。"亚先生抹抹潮湿的汗烟袋,他古铜的皱纹里,也润着水光。

梅雨中间,总有一两天有阳光的日子。亚先生将黑漆的小箱子拎到场子上,将里面的书一本本地拿出来,放在板凳上。阳光晒在书页上,亚先生问:"听见声音了么?"

大家都听。有人说:"听见梅子从天空上往下掉的声音了。"

有人说:"听见隔壁人家的猫叫着往河边去了。"

有人说:"听见摩擦声。像床在动。"

还有人说:"听见骨头里水往外冒了,咕噜噜的,像开水炉子。"

亚先生最后问我。我说:"听见书页里那些字醒来的声音了。"

亚先生望着我,点点头。阳光如瀑布,覆盖着梅雨季节的大地。这是人世间最后的清新,透亮,与一闪而过的明媚。

鸣　　蝉

　　入秋以后,蝉鸣立即有了异样。它不再像盛夏那样的高亢、热烈,而是透出了种金属般的沉着。这一如南方大地——盛夏的南方大地是向上的,阳光向上,植物的叶子和花朵向上,乡村上的飞檐向上,风铃向上,连村外的祖茔上的黄土也向上。向上是盛夏的活力与蓬勃所在。向上之中,成片的水稻,扬花,吐穗,青桐树高大的枝顶,差一点就进入天空。而老樟树下,书页与农具被蝉鸣搅动,也向上昂着,做出飞翔之态。村里久病的人,一下子拉长了颈子,他望着头顶。天空无比热烈,一如大地上奔走呼号的生灵。

　　但昨日立秋了。

　　仿佛是村子南头的水闸,突然被拧住了。当然,这拧住是个时间概念,渐进式的时间,从老坡头向飞檐、向老樟树、向门前的草,后园的植物,墙上的皮影,黄昏灯光里的烟火……一一地浸染上来。不,不是浸染,而是浸入。向下,浸入的姿势,古老与遵从法度。蝉鸣亦然。蝉鸣向下,沿着树的枝干,漆黑地向下。它来自泥土,虽然它在鸣唱时,没有人想起它在泥土中的时日。但它来自泥土,它的声音最终将回归泥土。万物都将回归泥土。南方大地上的人群,被蝉鸣慢慢地裹挟着,一寸寸地回归泥土。

　　那么,入秋后的蝉鸣,或许可以理解为是一份终将到来的请柬。

稻子向下,形成期待镰刀的阴影;桥梁向下,形成半月形的祭祀;祖茔向下,形成流水式的连环;而在村外路上走着的人,在村里路上走着的人,在梦里走着的人,在草尖上走着的人,在露珠上走着的人,在第一片落叶上走着的人,在开始弥漫的死亡气息中走着的人,在发黄的书页与锈蚀的农具间走着的人……他们!鸣蝉带走了秋水里的浮物,也带走了最后向上的激情与爱。

故　　事

　　每个村庄都有自己的故事——一只狗死了,一只狗有自己的故事。一个小孩子出生了,一个小孩子有自己的故事。一棵树第二年春天又活了过来,一棵树有自己的故事。当然,祖茔上新添的黄土,黄土有自己的故事。高大的青桐树长出了第八百七十片叶子,八百七十片叶子有自己的故事。这些故事,分别叫汪庄、李庄、程庄、长河、新店、三河、岔口、响塘、田畈、何畈、洪庄、韩店、水苇子、大树、花岗、吴老屋、长新屋、七里、三义……这些故事,在这些村庄上长定了眉毛生就了骨,他们只在村庄里流传。

　　故事是村庄最大的秘密,同时又是村庄最开放的隐语。

　　村庄上的每一个人,我是说这里面不仅仅包括你、我、他,还有村头的那一汪塘水,牛栏里正在反刍的黑牛,队屋被烟熏黑的房梁上的那条盘了三年的大蛇,有一天突然从外地跑来的又唱又跳的女人。故事就从这些地方开始,村庄的每一寸地方都是故事的第一句。"说到那条蛇,它盘在那里三年了。"故事悠长,缓慢,适合下雨天,或者喝酒之后。接着:"可是,有一回,我看见它从房梁上飞起来了……"

　　居然没有人反对,也没有人往下追问。故事就是这样,松松垮垮,如同流水,流到哪是哪。再回头时,又是一个新的开头:"有一回,我想上去看看那条蛇到底是活着还是死了,你们说,是活着还是死了?"

每个村庄都有自己的故事,而且,每个故事都有一万个开头,却永远只有一个结尾,那就是:"天太晚了,明天再说吧!"

是时,故事里的一切都已睡了。只有这个时候,所有村庄的故事都成了一样的,南方大地,被无穷的月色升高,又被无穷的山岗压成阴影。

雨

雨铺天盖地。我行走在雨中。被雨击打而更加浓郁的植物气息,在雨中上升。我一直纠缠于事物的异态——这些气息,并没有被击落到地上,而是上升。雨在下降,植物的气息高过雨滴,因此,它必然高过我的头顶,视线,与我被雨浸润的不堪一击的灵魂。

说到灵魂。想起在栀子沟,下雨天,阴暗,静寂。越大的雨声,越静寂。大家坐着,说故人。却从不说正在活着的人。雨天适合说故人,后来我便知道:灵魂与故人,其实都在高处。黄土里只有骨殖,没有灵魂。灵魂在高处,被植物的气息缠绕。一如我现在,透过雨的帘幕,那些面孔真实、生动,突现着遗传的痕迹。我开始流泪。雨中有风。见风流泪是我母亲的遗传。南方村庄上几乎所有的人都遗传着祖辈的病。左撇子,白眼,走路忽高忽低,说话前打喷嚏,雨天头疼,喜欢听墙根,眼皮老跳,说话结巴,挖肚脐眼,沙眼,头晕,生气,在坟头上睡觉……如同植物,遗传了弯曲,坚韧,沉默,细致,独立;如同雨,遗传了清亮,广大,宽阔,直接,弥漫,与从容。

重要的是:他们,她们,它们,都在上升!雨铺天盖地,但雨下的事物却在上升。死亡每时每刻都在进行,然而,灵魂却在上升。雨成为村庄上升的介质,死亡成为灵魂上升的通道。死亡亦是遗传。村头所有的青桐树都朝着东方死去,而我还听说:栀子沟的上游,那些老人都在离去前忽然看见了源头,看见了来路,看见了一闪而过的狐狸,风,和传说中在村庄上世代游荡的人群——他们,升到了雨水之上,明晃晃的,雨滴一般垂挂在空中。

大　　院

大院在三十岗。三十岗在合肥城西北。合肥在江淮之间。

所有的物候都恰如其分。老远就看见低缓的门头,更打眼的是门侧角高于门头的芭蕉树。宽大的叶片,正是我喜欢的样子。喜欢一些植物,如同喜欢一些人,同声相求,相契,是不需要多少理由的。主人站在门边上,并没有致欢迎辞,而是平淡地说了句:"他们正在做饭。"

果然就有饭菜的气息。有了这气息,大院子一下子生动了。从前,大家谈诗,说梦想;现在,它从饭菜开始。从院子中的普通的花草开始。从枣子、百日红、空心菜、睡莲、鸡头米……甚至从三十年前的板凳,五十年前的瓦当,一百年前的风尘,两百年前的瓦松……大院子里百草茂盛,百虫齐鸣,百露清亮,百叶生波。大院子被阳光镀成往事的样子,又复被镀成爱情的样子,再被镀成诗歌的样子——一切近乎终极,却远远才是开始。每个人赋予大院一个形象,每个形象赋予大院一丝灵光,每丝灵光赋予大院一脉幽远,每脉幽远赋予大院一回传奇。

大家坐下、谈话,喝茶。饭菜香气愈加浓重。

所有人都说:要回到素朴中来。回到当初的当初中来。回到大院子本身来。

于是吃饭,喝酒。天气澄明,村庄宁静。长条桌子透着轻微的腐木气味,屏息居然能听见虫子在木头深处行走的动静。而墙上,麻绳与油灯,蒙着薄灰,恰到好处地完成了这吃饭的背景。酒香浮动,我是第一次看见酒香。酒香像一片慢慢的薄纸,游动在屋子里。你饮下的是纸上的字,是字里的韵脚,是韵脚下的那一汪静水。

最终都散了。

散了就对了。大院子不可能收纳所有。大院子只是一处倚背的花坛,花在开,土在松,背在软,而最终,路还在走。

有人说是在走诗歌路,有人说是在走散文路,有人说是在走小说路。但回首一看低矮的院门,你便清楚了——你无非是在走命定的路。

院子在崔岗。门前有黄花。

今秋的情节已无奇可待

仅凭枯燥的声音也能确定。

有些事闭着眼睛也能

勾勒出推进的线条。

这是诗人吴少东近作中的片断。诗人感秋、叹秋、念秋、怀秋,那正是诗人的本分。诗人是最与草木相近的,也最与南飞的雁阵相近。因此,诗人内心的悲悯,高过秋天,远过秋天,直达人心的最深之处——那里,尘埃如同花朵,流水恰似目光,而最让人疼痛与忧伤的,则是无所不在的期待。

但诗人说:今秋的情节已无奇可待。

确实,今秋,今年,今生,情节其实都已无奇可待。昨夜喝了点酒,回到小区门前,秋月像乡下树上最后的枣子,被风吹得晃悠。我确实是闭眼想了一会,明天,会有什么?歧路?遇见?感叹?流泪?苍老?或者死去?

一切皆有可能,但谈不上奇,也谈不上触及内心的感动与喟叹。有些事物闭着眼睛也能勾勒出推进的线条,那么,仿佛秋水,早已望穿了。望穿了的秋水,便不再是秋水,那只是尘埃、镜子、图画——那只是客体的反映者,投射者,甚至连接纳者也谈不上。枯燥,无休无止。日子却在向前推进。这推进加深了枯燥。枯燥再加深了推进。我们是否能摆脱这早已设定好的循环?

显然不能。生命微小,不过蝼蚁。

我从小区门前低头再往回走时,秋月依然如同枣子。人世悲哀,无非是将自己贴到了万物的悲哀之上。而万物真的悲哀吗?今秋的情节已无奇可待,万物应早已知。所以,万物便进入了秋风之中,在寂寥的道路上,往前奔跑,从不停留。

白　露

　　秋天从白露开始。只有南方大地上隐约有了白露,才真正地显露了秋的迹象。秋是在一层薄薄的,柔软的,同时也是遥远的,苍茫的白露之下,来到土地上的。清晨,亚先生背着双手,从村子南头走到北头,又从村外田畈的北头走到南头。走完了,他长长地叹了口气,说:"又是一秋了!"他说的可能是草木,也可能是庄稼,更可能是村头升起来的炊烟,青桐树梢头荡漾的早霞。

　　当然,他说的最大的可能是——人,或者说就是他自己。

　　一进入白露,大雁最后的翅影也看不见了。芦苇往下矮,虽然在风里依然飘着,但它矮的速度高过了风的速度。一日一日,它最后会矮进水里,矮进泥里。亚先生是村庄上著名的风水先生,他当然知道这一切。人世间所有的草木都一样,所有的生命都一样。再长,再高,再风光,无非就是个过程。所有的过程最后都浓缩成了二十四个节气。白露一到,只能是往下矮了。矮到最后——亚先生摸摸自己的头,又看看面前的老房子和新房子,他感觉脚底下有些凉,头顶上有些凉。然后,他嗅见了黄土的气息。黄土就在村庄边上,黄土被白露覆盖,毛乎乎的。青桐树的果子,落在黄土上,由黄变黑。但此时,白露让它们长出了茸毛。如同梦的样子。村庄上人说梦有模样,他们比画着天空、星辰、石磨、池塘、镜子、红芋、青椒、狗、狐狸……这都是梦的模样。有些在日头下,有些却只能在黄土里。

白露一过,便是离开了。看看天空吧,越来越远了。

韭　花

从前,栀子沟的人见过韭花,却从没注意过它。乡村上的人都明白:韭菜只是吃那清嫩的节令,一旦开花了,那便不是菜,是果实。果实是生儿育女的,是传承的,是做种子的。因此,果实不能吃。凡是菜,结了果实,便是老大。独立在园中,往往长得高,然后便老,最后剩下饱满的果实与干瘦的枝条。

韭菜亦是。

当年杜工部夜宿卫八处士家,卫八"夜雨剪春韭,新炊间黄粱"。那新韭是才发的,想必还含着露珠般的处女之温润。新韭可爱,香气清冽。但是,韭菜说老便老。往往是一夜之间,便不能再食。尤其是新雨之后,韭菜发得快,一眨眼间,便是三寸。三寸是韭菜最嫩最合适的时候,与鸡蛋煎炒,或者佐以豆干,美味天成。但是,韭菜鲜嫩,不能过早加盐,否则出水,便失了风味。还有以韭菜鸡蛋做汤,复杂些,会加入鲜豆米。这在乡村上,都是上好的待客之菜。韭菜肯长,一茬一茬。乡村上有人酒后曾豪言:死有何惧?韭菜一茬耳!

韭菜年年生长,但死去的人,再也没有回来。

韭菜成花,其实已经老了。或者说是进入了菜花俱老的境界。杨凝式有著名的《韭花贴》,其实就是一封关于饮食韭花的小札。

全札云:昼寝乍兴,辀饥正甚,忽蒙简翰,猥赐盘飧。当一叶报秋之初,乃韭花逞味之始,助其肥羜,实谓珍馐,充腹之馀。铭肌载切,谨修状陈谢伏惟鉴察。谨状。七月十一日,(凝式)状。札中对韭花称赞有加,说其正"逞味之始,助其肥羜,实谓珍羞"。正因其美味,所以写此小札。小札之行书飘逸疏朗,有王字之笔意。然我观此札,翕翕然有韭花香。我想:这或许才是虚白先生的本意吧!

栀子沟边的人们是不食韭花的。他们让韭花就那么开着,老着,直到像人影一般,消失于无边的暮色。

带刺的花

中秋夜,在桐城的寓所里,从阳台上看月亮。月亮很大,很圆。此时此地,当然会想起栀子沟来。日本俳句的杰出大师小林一茶曾写道:故乡啊,挨着碰着,都是带刺的花。

我就真的有疼痛感了。

五十年前,我刚刚在栀子沟边抬着望月。眸子晶莹,看的月也是水般透明。

四十年前,少年心思,月有了许多离奇古怪的寓意,但其实都不甚了了。少年心思,无非是月中之桂,隐约而已。

三十年前,我已离开栀子沟。但年年中秋,都是回到乡下度过。简朴的一盘月饼,一家人坐在一块,说关于月的逸事,也谈年成。往往是谈着谈着,就谈到乡村上的死亡。有一年,我专程跑到村外祖茔上,祖茔上的月安静而旷远,有黄土的气息。

二十年前,栀子沟离我们渐远。青桐已老,中秋月到底还照着小城。七里之地,月下究竟还有那庄子在,还有那河流在,还有那祖茔在。这一切在,月便与亘古一样的了。

十年前,栀子沟开始消失。

五年前,村庄开始消失。祖茔迁移。那年中秋之前,小弟病了。中秋夜月,亦是苍茫。

两年前,中秋之前,小弟撒手而去。那是一个没有月的中秋。我坐在尚不知内情的苍老的父母面前,黯然地吃着月饼。父亲突然说:那些年在老家,有一年,你们弟兄为着大姑父送来的月饼而争论……我想起来了! 我转过身,窗外,夜色黑沉。

故乡是带刺的花。所有经过的人都是花上的刺。

一点一滴地刺着,像时间一样恒久而深入。

寺 中 花

龙泉寺中有花。寺中有花并不稀奇。僧人养花,一如修佛。但龙泉中的花却有些特别。唯一的僧人指点我们看花——甚于修佛。说凌霄,说海棠,说其他各种形色。不见青灯,也不见萦绕的香火。寺清明得如同初秋的时日。

寺中有水。水畔仍是花。

寺中有楼。楼上仍是花。

寺中有台。台前仍是花。

寺中有角落。角落里仍是花。

当然,寺中还有古井,说是山泉。山泉旁仍是花。

行走的人,事实上是行走在花间。然而,整体的龙泉寺仿佛巨大的罩子,只是透出的天光超过了其他寺庙。我很少见过有这么多清明的寺,更少见过有这么多花的寺。花甚至上了香案,一大朵,明黄色的,生动,却不张扬。僧人说:种花一如修佛。佛在万事万物之间。你看那泉水,水便是佛;你看那花,花便是佛;你看那石头,看那树根,看那山墙,都是佛。

有人不解。僧曰:佛在心里。心里有佛,万相诸佛。

江淮之间的寺庙,形制相对较为单一。龙泉寺却有巨大的变数。其一改山门三进之森严,曲折迂回,颇有唐诗之意境。僧人说曾三次请来菩提树,都未能成活。他叹道:心未诚,修为不够。好在寺中有花,花上有露。如露如电,正是参佛之最高境界。菩提在心,心里结满菩提子了。

荒野小寺,于季节,一点不荒。

于花朵,一点不荒。

于修佛,一点不荒。

于我,一点不荒。

楚

有一年,我到湖北的神农架。山深云密,当地人指着山脊线说:那边是古楚。

又一年,我去上海,与当地人喝酒。酒到微醉,有人说:上海简称申,与楚的春申君有关。

还有一年,雨天。在长江边的枞阳闸。江水浩渺,往北一望,丘陵逶迤。突然就有人道:所谓吴头楚尾。

我的老家桐城,一贯被介绍成:吴楚故地。离桐城往南两百里,是宿松。当地有我很多的诗友、文友加酒友。他们的话语中时常有古词。一问,乃是古楚方言。

中秋刚过,到寿县。寿县古称寿州。寿县人一开口,即说这是楚之重镇。楚都。楚王所在地。有如今仍保存完好的大壘,有依然飘荡着酒香的巨型酒器,有上千年的银杏……他们说:楚在地下。古寿州在地上。

楚。

都是楚!

楚有多大?河有多广?疆有多宽?言有多方?

古来的战争风云注定要吹去。相对于时间,楚亦是短暂的。但它终究留下了地下的大楚。相对于空间,楚依然存在。楚物化成了山川、草木、方言、城墙、古钟、大寺……楚厚实,辽远;同样,楚细致、精美、易碎。

前年,见剪纸艺人方军化。他是寿州人,在三河古镇上建了个剪纸作坊。他的剪纸有古气,文气,霜气。他说早年他在寿州,立了根,但是古楚太沉重,他只好到了三河。剪纸需要飞翔。三河有水。水汽蒸腾,剪纸便洇染了,便化开了。

我默然。

寿县有文庙,有古寺。寿县城里到处都是人,行走的,停住的,坐着的,站着的,回头的,往前的,一概地面色沉潜,一概地像极了城墙古砖,一概地拱着历史的彤云与现实的流霞……

清　澈

像清晨般清澈。像清晨的婴儿的眸子般清澈。像清晨的婴儿的眸子中的湖水一般清澈。

这是南方,天空越来越高远。懂得高远的人,都是上了年岁的人。年轻人只能看见草,花朵与雨水,而上了年岁的人,他们开始学会低头——看蚂蚁,看散落的稻子,看土,看种子,看脚印……而事实上,他们心里看见的是——天空、星辰、祖茔、幻灭的流星和连天的野火。

一切透明,干净,甚至圣洁。

村庄回到了村庄,纯粹成为炊烟与土语的家园。九月,北雁南飞,飞翔的痕迹划过水面。有人说:我心疼了。是的,心疼了!所有的离去,都被清晨的清澈收留着。然后沉进最深处。沉着,沉着,南方便呈现出二维:清晨般清澈,大地般幽深。

所有人的面孔都清澈。而所有人的内心都幽深。

所有植物的面孔都清澈。而所有植物的内心都幽深。

所有鸟鸣都清澈。而所有鸟鸣都幽深。

所有生和死都清澈。而所有生和死都幽深。

南方,涵盖了所有的清澈与幽深。他们——既是清澈的清晨,更是幽深的黄昏。

大　旱

这一年,南方大旱。

这一年,四月,早稻下田。明净的水还照着青绿的秧苗。青蛙在水中蹦跳。夜晚,抓黄鳝的灯火,逶迤不断。一抬头,大星在宇,明亮得如同村里唱戏时的汽灯。

草往墙上长。水往树尖走。

这一年,到了六月,稻子开始灌浆。天忽然高远了,高过了所有的六月。亚先生站在村头的高台上,忽然也高远了,高远着说:天干了。

这一年,果真就天干了。

六月、七月、八月,连续三个月无雨。稻子回到了泥土,带着它们尚未长成的小身子。菜园里一片枯黄,仅有的水井被当作人畜用水,四周建了围栏,上面加锁。路上,到处能听见的是舔嘴唇的声音。救济用的山芋干,硬似铁,却舍不得用水发开,使劲地咽,咽。整个南方都听见喉咙滚动的声音——粗粝、粗暴,却决绝。

九月,井水干了。

全村人到栀子沟挖水。其间,老王家大爷死在了沟里。葬礼草草,甚至连取水的环节也省了。所有的人眼睛里都是眼白,而且转动得慢。一个月后,大井挖成,出水如丝。半夜,看井人睡着了。

井中水被偷浅了三尺。这天大的事！全村人眼里冒火,反复查,最后在傻子王二家的院子里发现了一小片稻田。水正汪在那里,瘦弱的水稻,刚刚吃足了水,努力地抬着身子。而傻子,正睡在田边。

没有人去打扰他。

十月。十一月。天更高远。十二月初一,傻子将新碾的米送到沟里,倒入水井。傍晚,高远的天忽然回来了,彤云密布,整个南方都在这彤云之下了。

这一年,终于被一场大雨给下完了。

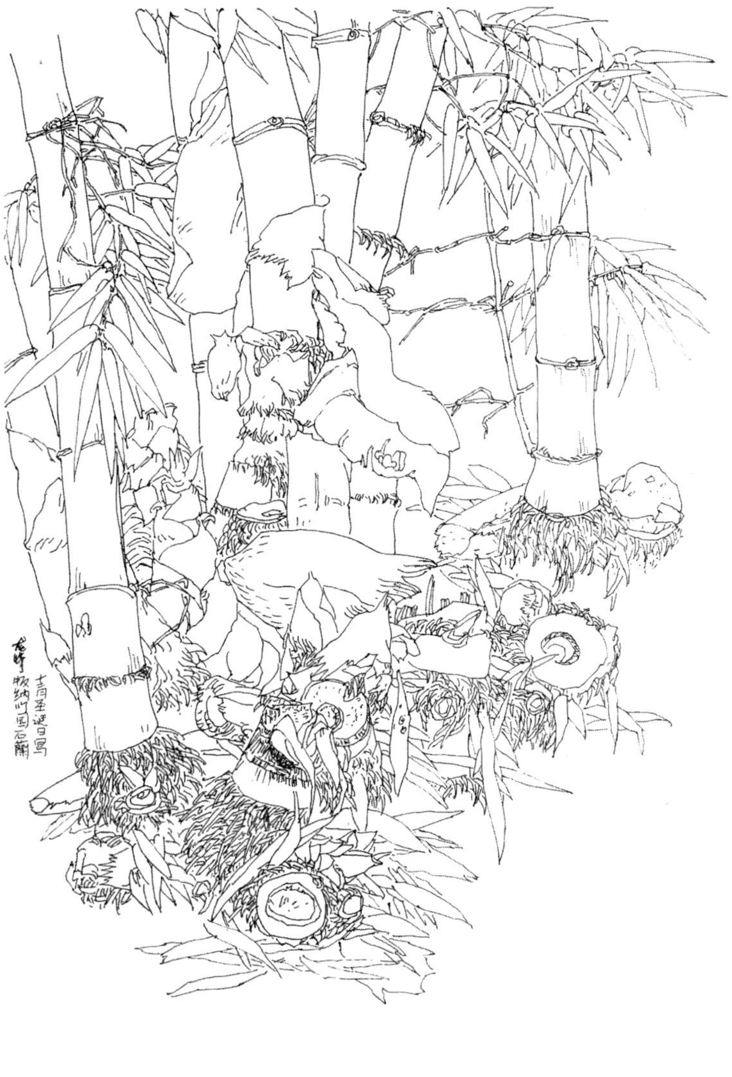

竹子开花

植物都要开花,就连最高的青桐树也开花。不过有的花像叶,有的花隐在叶子之中,还有些更俏皮的花,干脆就藏在树皮里。这样的花,一探头,很快就开过了。大部分植物开花,在南方乡村上,是件再普通不过的事。

可是,有一种植物开花,却是乌云,却是不安,却是阴影,却是越走越短的路、越晒越低的日头。

逝　川

早些年读日本的俳句,那种清寂之美,让我动心。骨子里或许就是个清寂之人,只是到了这人世间,也必得努力地风风光光地走上一遭。因此,读俳句,还有像《雪国》这样的小说,往往是沉得进去,脱不出来。犹如《诗经》所言:不可脱也。水波晃动的下午,一大片旧时光,被带进了深处的阴影里。

这也学着写上几句。于是想到我故乡桐城乡下的那条名不见经传的栀子沟。

这么一个好听的名字,如同桐城这名称来源于万桐之城一样。栀子沟宽仅丈余,据徒步走过全程的人说,长也仅仅三四里。它在经过我们村庄时,细如竹节,只是到了下游,有了一座大塌。塌下有深潭。潭是乡村最有传奇色彩的地方,溺亡者的身影,潜在石缝里的有刺的鱼,刮风天潭里发出的如游丝般的哭泣声……某一年,我上初中,逃学坐在潭埂上。我不知道我为什么坐在那里,一个人,坐了一下午,直到黄昏,夕阳照在深潭里。我忽然觉得潭水慢慢收拢,最后缩成了一块树叶般大小的水晶。我伸出手,似乎就能触摸到它。但事实上,我的手再怎么努力,也永远与它保持着三寸的距离。然后,它消失了,深潭回来了。我觉得很快我便能听见游丝般的哭泣声。我起身离开,在那个年纪,我是无法经得住那哭声的。

后来,栀子沟也消失了。现在是工厂。

没有人能准确地说出那深潭的位置。就像诗歌,写过去了,没有人能再次回到它的源头。

小 学 校

　　黑板上写下的那些字,或者那些拼音,到底能留存多少年?这是一个十岁的孩子的问题,老师回答不了,同学回答不了。他只好站在教室里,他看见窗外稻子正飘着白色的稻花。那是他第一次看见稻花。后来,很多年后,他又想起那个场景——

　　小学校坐落在山岗上。山岗上没有松树,没有杉树,只有两棵柳树。柳树在塘边,柳树根伸进水里,像一条要爬上塘埂的大鱼。老师们大都来自乡下,甚至同村。当然也有来自城里的。老师们其实都还年轻,因此,那些让孩子们读不懂的眼神,往往在男女老师之间传播。后来,眼神打了个弯。一个哭着的女老师背着行李,站在小学校门口。而我们的班主任,正躲在他的房间里。班主任的女儿坐在我前排,她问我:她是要走了吗?

　　半夜里,蜡烛依然点亮。乡村小学校最后的晚自习一直延续着。我在作业本上写道:

　　　一粒稻花,
　　　又一粒稻花。
　　　都是稻花,开在田里,
　　　像本子上我们写下的一个个字。

这是诗吗？如果是，那一定是我的最初的诗作。往往是，等我们失去纯朴与天真多年后，再回头，我们看见的就是那山岗上的小学校，看见的就是那稻花，然后，我们心底，幽幽地升起那些长短不一的句子。

这就像宿命里的安排。诗人，注定是个为自己打补丁的人。

鱼　　刺

我总是小心翼翼。我总是先于鱼刺到达恐惧。

而且,不仅仅是恐惧,还有一种极其深刻的幽冥气息。我总是先于鱼刺到达死亡。

那是年轻的死亡。三十年了。一张巨大的诗报,将时光折叠。而折叠的转折处,便是那个黑色的名字。他第一次飞舞,衔着诗歌。而半年后,他死亡,带着鱼刺。那年,他二十三岁。姓张。一个刚刚毕业的中专生。一个诗人。他死于南京的医院。鱼刺,败血症。他回到了另一个世界,而我们却一直苟活至今。

我一直想不明白:在他的死亡中,诗歌充当了怎样的角色?

也许,与诗歌根本无关。他只是个诗人。而他死亡,他只是个鱼刺的受害者。

但,诗歌加速了这一切。我总是无故地设想:他在吃鱼时,想到了诗歌。诗歌掩盖了鱼刺。然后,诗歌又掩盖了死亡。

我无法将所有的诗写完。因为我总看见他就站在所有诗歌的结尾处。

缓　　慢

有些人现场吟诗。有些人背诵自己的诗歌,像流水。有些人在别人的诗歌里感动。而更多的人,活在诗歌之外。

日子漫不经心。日子不因为诗歌而充满诗意。日子缓慢,这让我想起我故乡那位寿终正寝的老人。

她就在村子南头。我们的村子,有南有北。她在南头,屋前有一条一尺宽的流水。流水几乎漫上她的脚背。她坐在小竹椅上。那竹椅闪着肉红色的光亮。她每天坐着,从早到晚。她总是看着天,看着地,看着来来往往的行人,看着流水,看着树木,看着家禽,看着灰尘,看着那些说了多年的话语,看着那些在村庄上流传不绝的传说,看着鬼怪、神,与村庄外连片的祖坟……事实上,她什么也看不见。但她看着。

她看着,就像那个年代的诗歌。

如果她是个诗人,那么,她看着的一切,便是诗歌中那些繁复的意象,那些高低起伏的情感,那些散发出来的高于人间却立在人间的气息。

最后,她寿终正寝,依然坐在竹椅子上。

没有人读到过她的诗歌。换句话说,没有除诗人之外的阅读者。生活的缓慢,与诗歌的前行,悖逆而合理。那些吟诗的人,那些背诵自己诗歌的人,那些在别人诗歌里感动的人,谁注意过角落里坐在竹椅上的人?

而她,才是真正明了一切的人。

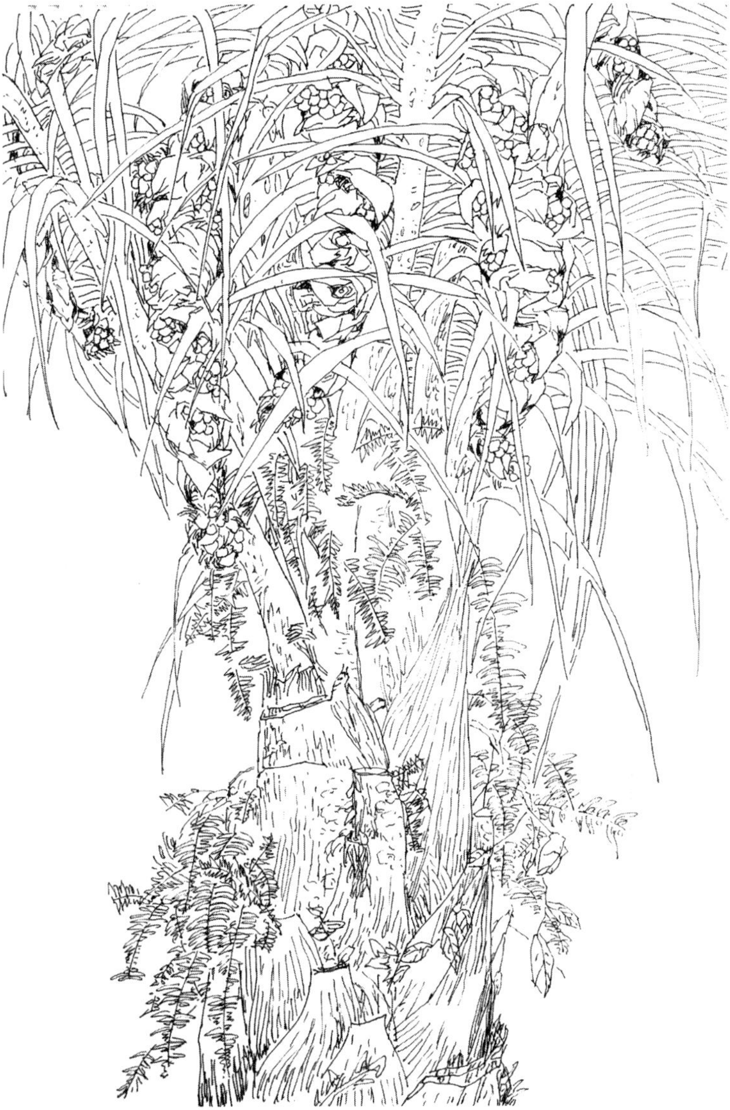

当金山口

　　我记得的最阴郁的山口。满山的阴影,像一只大鸟的巨翅。没有人能逃脱它的覆盖。一阵寒冷。再一阵寒冷。天地开始收紧。我后来明白:阴影总是小于阳光。阴影的部分,总是小于有阳光的部分。

　　后来,我为此写过诗。

　　早些年,我是个诗人。如此说,并不仅仅因为我写分行文字,而是因为我的激情、理念、思维、行动与形而上的步伐。我留过长发,瘦而充满幻想。我穿越千里,成为当金山口阴影的一部分。那一刻,我除了寒冷,别无所觉。然而,多年后,在一个有阳光的午后,那阵寒冷再次袭来。而同行者,已经成了逝者。也就在那一刻,我放下了诗歌。或者说,我放下了一直高高在上的诗歌的神龛。我转而进入最世俗的生活。我描摹世俗,如同描摹我自己的内心。

我想把人间唱遍

说书人离开村庄后,村庄一下子空寂下来。但随后不久,某一个夜晚,说书人曾经说过的那些部分,又在村庄上活跃起来,被传诵,或者被记录、复制、默想,甚至唱出。说书人的背影似乎还印在油灯照耀的墙上。那是一面古老的黄土墙。墙上有风干的茄子、黄瓜,有模糊的祖先的画像,或覆盖于其上的那些用排笔刷成的标语。

当说书人坐下,调弦,开口——

一切便隐没了。只有说书人了。整个村庄都只有说书人了。

我要把人间唱遍。说书人闭着眼睛。甚至,我怀疑他也闭着嘴巴。他的声音发自胸、腹,乃至身体的全部。他的声音发自墙,油灯,昏暗而呈现各种神情的脸,半掩的门,和门外那些依次进来的我们看不见却真实存在的影子。

　　人间如同流水。
　　人间如同阴影。
　　人间如同花开。
　　人间如同日落。

人间万象。故事在说书人的声音中,高亢,或者沉郁。而它们,一经说书人说出,就像把人间唱遍一样,再也不属于说书人。它们只属于村庄,夜晚,贫苦而荒凉的世俗……它们其实本就在村庄之上。只不过借着说书人的声音,再次提醒村庄:永远别忘了这村庄本来的一部分。

写作者(一)

茫然与不确定性,往往是一个写作者最初的源头。当我注视凌晨的天空时,巨大的空洞般的茫然,被刚刚消解的夜色所平复,然后或许又将被新的一天抬升、笼罩。而它的内核,正是不确定性。

万事万物从不由我,人生因此才漫长、曲折、疼痛和丰厚。

写作者从来都不是孤立的。他永远挟着一颗渴望融入与回到大千的心灵。"一切理性的表述,缘于呓语!"安·拉莫特因此始终记得小时候飞过头顶的鸟群。她说,只要一只接着一只地写,按部就班地写。是啊,按部就班地写!这对于一个写作者,恰是化解茫然的最重要的步骤,与最切合的途径。

我们可以忽视这世俗的繁华,却无法漠视这人间的荒凉。写作者,终其一生,都是在不断地认定不确定性与解决不确定性之间,游离、恍惚、思考,进而写作、放弃,并最终否定自己因为写作而留下的一切,包括片言只字,甚至他曾在人世间说过的一切有关写作的话语。

如此想,写作是没有意义的。但写作的目的,往往正是破解这种无意义。这是一个天大的悖逆。事实上,它如同黎明前那即将跃出的第一缕霞光。虽然茫然,不确定,但它的冲击却如同陨石。

——表述霞光初升,那是诗人。

——表述太阳照耀大地,那是散文。

——表述夕阳,那是小说。

我如今企求整整一天。写作便是诗、散文与小说的渐次展开。我因之抒情、委婉,但最终沉入薄暮。

写作者(二)

"作家总会想尝试成为解答的一部分,去了解一点点人生,并把这些心得传下去。即使冷酷实际如萨缪尔·贝克特,他也通过了剧中坐在垃圾桶或将头埋在沙中的疯狂人物,以及他们不断翻出包包里的东西,停下来赞叹每一件物品的生存状态,让我们深入思考并理解人生当中何者为真,哪些才是对我们有帮助的。"这段关于写作的论述,仍然是安·拉莫特说的。她是基于指出写作者仅仅道德意识之后说出此话的。而真正的写作者,往往忽视那些大师的细微与缓慢。

人们看见大师,只有光芒,只有思考,只有箴言,只有那巨著。

然而,却总是无法洞见他们对问题的解答,包括对茫然与不确定性的抽丝剥茧。

从二十岁开始写诗,一直到四十岁开始写作小说,过程如此漫长,却恍如一瞬。我刻意寻求对各种大师的阅读,往往被崇拜与更深的茫然所覆盖。理论何为?诗意何在?回到诗歌,"那一点点人生"况味,都被形而上悬挂、敲打、隐匿。而小说,浮世绘般地,将夕阳之幽静、复杂,形而下地呈现。写作依靠语言,却到语言为止。当写作成为语言时——无论是诗、散文、小说——便是它意义丧失之时。

第二辑

存史或者废弃

存史或者废弃——关于古镇三河的桥

一

清乾隆二十五年(1760),令国人瞩目的京师皇家园林圆明园,已开建五十余年,大部分营造已近完工。前一年,园中西洋楼新建水法工竣。如今,紫碧山房、绘雨精舍也渐次挂匾。圆明园第一次纳入了国家管理,设六品总管以下太监多名。园中生机蓬勃,一派盛世气象。

这是皇家的园林!在偌大中国的乡野大地上,很多人只闻其名,难见其形。很多人在广袤的疆土之上,艰难支撑。虽然是乾隆盛世,但,底层的人民,依然清贫。具体到安徽合肥的三河古镇,1760年代的三河,旧称鹊渚之地,集镇兴旺,但根子依然浸润在农耕文明的土壤之中。在皇家营造圆明园的同时,这古镇上也开始了一桩营造。

三河,三条河流汇流的桑叶之地。古为巢湖滩涂,故名鹊岸、鹊渚。当年,吴楚水军在此大战,便是史上著名的鹊岸之战。三条河,从北往南,依次是丰乐河、小南河、杭埠河。河流纵横,将古老的鹊渚围在中间。古镇便依水而建,充满了先人逐水而居的智慧。镇外圩田铺陈,圩与镇之间、河与河之间、河与镇之间,四季流水,循环不绝。河中,大小船只往来穿梭。经商的,穿江过湖,将南北货物运至此地,又将此地货物运至南北。行旅之人,船只一过巢湖,圩区风光便扑眼而来。他立于船头,看四野天地,西北群山,感叹鹊岸之美,即使有千万旅愁,也暂时消去。当然,临镇的河面上,更多的是来自邻近的合肥、舒城、庐江和本地的船只。三河河多,然而,河上却没有一座桥。或许,在1760年前的2200年间,河上也曾架过桥,只是由于风雨与河水侵蚀,桥已不存在。三河人日日生活在水边,靠摆渡来往于河南河北、河东河西。

圩,在湖南、江西、福建和广东等地区,是指集市,而在江淮之间,则通常指低洼地区为防止水患而建造的堤坝。三河位于江淮之间,江淮分水岭之南。古巢湖经过了数万年的沧海桑田式变迁,滩涂越来越大,形成了纵横数百里的岸渚。这些岸渚,自明朝大移民时代开始,便被各地移民不断开垦,从而形成了一块一块的圩田。圩田被圩堤束住,圩堤外便是通向河流的长河。三河八大圩,圩圩都与环镇的三条大河相通。因此,水路之繁忙,在三河,便成了日常景象。1760年的夏天,江淮之间难得地少雨。而前一年,大水泛滥,河水暴涨,几乎与街齐平。镇内镇外,交通殊为不便。镇西街胡仓嘴东侧,荒圩南埂,有一座小庵。庵中除当家师父外,尚有七名尼姑。她们目睹了年年水患,特别是目睹了圩内之人进出三河之艰难,便发誓要建一座木桥。桥,在中国佛教中,意义重大。桥即是渡,而捐资出力,发愿修桥,便是莫大修行。一方面,可以与世人方便;另一方面,亦可以借此积德,以修来生。尼姑们既发了誓,便很快拿出从化缘中省下的银两,开始延请匠人,购置木材,选定场地,择日动工。动工之日,正是七月十八,黄道吉日,阳光正好,三河古镇一通光明。尼姑们临水祈祷,愿修桥之举,不打扰河神。同时,也祝愿木桥能尽快修成,以利众生。

巨大的木桩揳入水中,一根、两根、一排、两排……然后,依托巨大的木桩,再架设桥面。木桩与桥面木之间,皆有卯榫联结。卯榫结构是中国传统木工的精华,整座桥建下来,没有一根铁钉。而且,卯榫结合部位,都藏在暗处,轻易不会察觉。尼姑们请来的匠人,也都是心善之人。他们干了五个月,到十一月,江淮之间天气正好转冷,桥架成了。虽然这不一定是三河镇的第一座桥,但在1760年的冬天,却是三河人见到的第一座桥。它连接了荒圩与小南河以及杭埠河,当然,更连接了三河镇。据记载,此桥长数十丈,宽一丈。数十丈是个不确切的概念,到底多长,现在当然也不可知。但从后来在原址兴建的公路桥长达200米来看,此桥应该颇有气势。想想看,一架木桥,横跨河水之上,两岸柳树婆娑,街边烟火人家;而桥头那边,圩田万顷,到了收获之时,满圩橙黄,正是大块文章。这大块文章在桥建成之日,便已写就了开头。尼姑们并没有上桥,而是站在庵子前面。现在,这庵子有了正式名字:桥庵。桥庵里的尼姑们,看着三河的人们打桥上来来往往,她们的心思,越发坦然与开阔。桥头,三河的耆老书写了三个大字:双港桥。三个字看似清秀,却又苍劲,仿佛写透了这座尼姑们发誓而建的桥,写透了桥下的年年流水,和一桥架通南北的功德。

三河正式有了文献记载中的桥。这一年是清乾隆二十五年。历史用不同的方式进行了记录。圆明园建成,记在了《清史稿》中。

而双港桥建成,则记在了三河的地方文献、流水与民众的口碑中。

一座双港桥,将三河从传统意义上的水乡,往外拓展了一大步。双港桥下,除了流水,还有行船。船工们老远就望见这崭新的大木桥,以及桥边上的码头,他们便问:修桥者谁?

岸上的人听见了,便响亮地答道:桥庵众师父也。

双港桥边,桥庵又回归了宁静。桥建成了,尼姑们又沉进了木鱼声与诵经声中。只是经过桥上的人,总要侧头望望桥庵。修桥是功业,是大修;桥是修在河水上的,而修行则是存在人心上的。尼姑们只有在夜深之时,听着桥下的流水声,想着三河的繁华与清寂,脑子里如梦如幻如电,最后也都归于无声了。

这木头的双港桥存了多少年?问史书,没有记载。问现今的三河人,答不确切。但有一点他们都知道:桥修好后,每三五年,桥庵的师父们便用庵里辛苦化缘存下的一点银子,请匠人来修缮一次。桥事关人命,不能不修。但有一年,终于,她们没办法修了。那年春夏连阴,雨从三月一直下到六月。七月半,夜里,雨声如瀑,兼有大风。半夜,师父们听见桥身坼裂之声,与风声雨声混在一起。当家师父想出门看看,无奈雨势太大。等到天明,雨势渐小,出门,荒圩南埂上已空无一物。那耆老书写的"双港桥"三个大字,也随着流水,消逝不见了。河中,只有两岸边上还存着一两根木桩,整座双港桥,在这个雷大雨猛的夜晚,彻底被冲走了,河面上连一块桥板也看不见。尼姑们站在岸上,心中升起无限悲悯。她们无力重修一座大桥。她们双手合十。桥存在过,便也是这河上曾有的生灵。现在,它消逝了,那便得给它以发自内心的纪念。

多少年后,三河人都记得那个清晨,记得桥庵的师父们站在残桥边双手合十的景象。同时,他们将双港桥这个地名一直保存着,桥庵也一直陪着这残桥,度过了年年春秋。有私塾里教书的先生,便出了个谜语:叫桥不见桥,过桥不见桥。打一三河地名。桥庵的尼姑师父们,自然一猜就中。但从外地来三河的人,不免犯疑:既叫桥,为何又不见桥?既过桥,怎么能不见桥?

这谜语的上一句,说的是尼姑们建桥。桥毁了,只空留地名。下一句,便说到一百年之后了。双港桥被水冲毁后,因为桥身太长,投资太大,而且,河水湍急,桥容易被冲毁。所以,后一百多年,一直无人再动修桥的念头了。河对岸及圩镇之间往来,恢复到了渡船时代。直到1936年,在双港桥旧址上,才有了一座过桥不见桥的浮渡。

彼时,三河集镇兴旺。三县相交,货物贸易,商旅往来,犹如河水,滔滔不绝。虽然有摆渡船只联结两岸,但往来之不便,显而易见。商会便召集众人商议,最终决定在老双港桥处,新建浮桥一座。决定一出,四处响应,不几日,便购得木船多艘,陈于水面之上,船体以铁链相连。此桥修通,虽然行人过河须得多走几步上下河岸台阶,但已是极大的方便。1938年,日本人开着汽艇沿合肥进入三河。他们将大浮桥拆开。但八个月后,日本人便很快逃离了三河。三河水网密布,又邻近巢湖,是多路抗日部队的集结地。日本人腹背受敌,难以久留。大浮桥又进入过桥不见桥的情景之中了。

谜语一直在三河流传,但1954年的特大洪水,还是将大浮桥冲垮了。从此,双港桥真的没有桥了。水落石出,谜底呈现。

万物最终都将消失,唯有时间永恒。1760年的伟大的圆明园消失了,1760年的三河双港桥消失了。它们或许都进入了另外的时空,但作为后来者的我们,只想象得出时间——在时间的唱片中,唱针划过,却永不停留。

与双港桥同样,在三河空留着名字的,其实还有七座桥。它们分别是:沈家桥、马氏桥、油坊桥、木鹅桥、无蚊桥、国公桥、王小桥。连同双港桥,正好八座。八是中国民间最为吉利的数字。三河除了有八座古桥外,环绕着三河的,是八座古圩。这些古圩栉比于三条河的南北两岸。分别是五牛圩、大兴圩、五星圩、汪家圩、沙挡圩、杨婆圩、任倪圩、荒圩。八座古圩,八座古桥,如果细心一点,绝对还能从三河的建筑与布局中,寻找出更多的蕴含着"八"的意象。比如,那些老街上的石板条,是多少个八?古桥上的青石,是多少个八?包括太平军兴建的坚固的城墙,是不是也暗合八的玄机?人家门楣上的灯笼,是不是连绵成了无数个红红的"八"?那些桥下流水流过的日子,或许也永恒于"八"之数字的萦回之中?

八座古圩,将三河这片巨大的"桑叶"拢在其中。圩如手掌,"桑叶"因此就显得空灵、清秀、厚实。而八座古桥,则是桑叶纵横脉络中的一处处细小的血管。这些古桥,目前可查证的有三座建于南宋,即马氏桥、无蚊桥和国公桥。另有一座建于明崇祯十四年(1641),即沈家桥。沈家桥是八座古桥中史料记载最为扎实的一座。志书上给了它单独的一段。这也说明了当时沈家桥修建所产的影响与作用。修建此桥的人名沈昉,是杨婆圩东南拐的沈家墩的一名员外。他个人斥资修建了沈家桥。依当时条件,估计应是木质桥。而且,桥本身应该也很宏大,不然志书不会专条记载。从入志的角度来揣测,沈家桥应该也存在了不少年头,或许百年,或许更长。但后来它毁于另外一次圈圩行动。王氏家族在杨拐圩东南拐另圈了王小圩。此圩一成,沈家桥便成了圩内桥,从此渐渐湮没。一座桥的湮没,如同江山人事,再正常不过了。沈家桥如今依然留在文字里,那便已经说明了它当初存在的意义。

除以上四座可查到修建年代的古桥外,另外四座,修建年代便只存于民间。记忆向来有两种方式,一种为史志,另外一种即为民间。无所谓高下,也无所谓长短。无论史志,还是民间,都是载体。而桥也是。古桥是三河水陆结合运输的载体,是无数人脚步迁徙的载体,是从此岸到彼岸的载体,是凌空于时间与空间之上的载体。

如果沿着时空之序,八座古桥列在最前面的,绝对应该是木鹅桥。鹅,在民间是呆笨之物。为何要以此来命名一座桥?这桥当初就立于五星圩与五牛圩内河与小南河入口处的三河南街,古意盎然,呆拙可爱。这桥,更多意义上不是作为桥而存在,而是作为一个地理标志而存在。它是古合肥与舒城的分界线。当时为了确定这两地的分界线,三河人使出了最民间也最朴实的办法——他们造了一只木鹅,双方约定好,将木鹅放入上游水中,让它往下自在漂流,它停下之处,即是两县分界之处。这办法虽不科学,但通人情。那木鹅便承载了两县人的目光,下水,漂流。然后,它果然就停在了南街入口处。这南街入口处,其实就是两县人心中暗暗估摸着的分界线。木鹅有灵,有情,有义,它当是通晓了两县人的心思,便停在那小南河水中,纹丝不动。两县人于是在此修建木鹅桥,桥头立一巨大木鹅,以此昭示木鹅在两县勘界中所起的非凡作用。木鹅桥在20世纪60年代三河外围修路中被拆除,原来建桥位置则设置了公路涵洞。昔日木鹅已不存,空留桥名听鹅声。

油坊桥同样在小南河入口处的南街。桥边有当时三河最大的油坊,一年四季,油香不断。三河地区,圩田广大,作物丰富。油菜、芝麻、花生等产油植物数量庞大。因此,油坊里日夜木榨声声。金黄的菜油,沿着木榨中的油槽流下,色泽诱人,香味飘满整个三河老街。纯正的菜油,经老油坊加工后,除一部分三河人自用外,其余的通过船只,发往江淮各地,甚至去往京师,或者更远。想那时,油坊桥上一定是人声杂沓,南腔北调交混,一并浸润在油香之中。后来,先是油坊没落了,然后,修建公路时,油坊桥也遭遇了木鹅桥同样的命运,化身为一孔涵洞。而在老的油坊桥址边,如今则是一大片芳草地。芳草地前面,便是高大的望月阁。

望月之时,尚能嗅见菜油的芳香吗?

而在那芳香之中,一定也还时时地浮现着油坊桥的影子。

八圩抱鹊渚,八桥通南北。连接它们的是八条内河。又是八。但这些内河,事实上莲藕般,被桥和街给缀成了十二节。桥一般都建在藕节上,十二节,却只有八座桥。这让人怀疑民间或者史志记载是否有误。然而,这些都已经不重要了。就连这八座古桥,目前也都荡然无存。木鹅桥、无蚊桥、双港桥,皆已被涵洞或者公路桥替代;油坊桥、沈家桥、王小桥,均已只知其所在地,而不知其所在。

马氏桥如今只剩下了两个残缺的桥墩。唯一一座还以桥的形式存在的是国公桥。国公桥建于南宋初期。当时,中原政权刚刚从北宋灭亡的痛苦中稍稍抬起头来,他们看见了繁华不已的江南,于是,政权南迁,偏安杭州,史称南宋。南宋定都杭州后,当地商绅阶层给予了大力支持。其中,吴越王钱俶的曾孙钱景臻,也是宋仁宗小女儿鲁国公主的驸马,襄助甚多。宋高宗赵构因之御赐钱景臻长子钱忱"荣国公"和"汉国豫国公"两重爵位。钱家不仅在杭州有大量的田地和产业,在江南及江北的三河等地,也有大量的商号与田产。在三河镇古东街,即有著名商号"钱复盛"。国公桥即是为了迎接钱忱,即双国公来三河钱复盛察看商号而专门修建的。因此便有了"国公桥"的称谓。

当年钱忱春风浩荡地经过国公桥,在三河的岸边,看见自家的庞大商号钱复盛,他一定是意气满怀,踌躇不已。他当然不会想到,没过五十年,钱复盛灰飞烟灭。又过了八百年,到了公元1943年,这桥头竟然成了刑场。一大批被国民党"招安"的湖匪被押往桥头正法。古桥无言,却战栗不断。事后,此桥被改造为"太平桥"。对太平盛世的粉饰,让古桥蒙羞。直到20世纪90年代初,一代一代经过古桥的三河人,总感觉到上桥之后,桥面便无形中坑洼不平,仿佛是在控诉,或者低泣。三河人自然懂得这古桥的心思。

于是,古桥便重新叫回了"国公桥"。

一座桥名称的更嬗,看起来仅仅涉及桥自身,但事实上,它往往是不以桥自身意志为转移的权力与欲望的突显。从国公桥,到太平桥,再回到国公桥,三河的流水静静地看着这更嬗。如同它看着古街上,昨天起的高楼,今天复归尘土;昨天繁华的商号,今天冷落无人;昨天喧闹的市集,今天寂寞如水。我们看三河,看到的,永远只可能是三河在我们所经历的时空中的一段。史志也好,民间也罢,都只目睹了它的微小的侧面。真实的三河,如同鹊渚之沙、三河之水,深藏于寂灭之中。

二

后周显德七年(960)元月初三夜晚,京城汴梁东北二十千米的陈桥驿,发生了一次影响历史的重大军内哗变,征讨北汉及契丹的后周军队,一致拥立领兵的归德军节度使、检校太尉赵匡胤为帝。史称"陈桥驿兵变"。兵变后,大军回师京城,后周恭帝柴宗训禅位,赵匡胤正式登基,改元建隆,国号"宋"。

陈桥驿兵变,看似发生得突然,其实早有征兆。无论是正史,还是民间,对兵变前后均有大量的记载。这契合了中国人从上到下,一以贯之的思想,那就是——天子总是要出来的。他所有的传奇,都只不过是为了他日后的登基。

果然,关于宋太祖赵匡胤的传奇,几乎遍及了整个中原地区,甚至蔓延到了江淮之间。紧傍巢湖,素有水路通四海的三河,居然也赶着与宋太祖连上了关系。而这连上关系的中介,不是别的,仍然是一座桥。由此也可见得,桥在三河的地位与影响力。对于帝王光环的仰视,或发自内心地震撼及崇敬,必须要有合适的出口,通过相对通俗的方式,让百姓接受,并成为史志或者民间记载的一个部分,从此得以流传。在流传的过程中,再不断地修饰,最后,它便也成了史志或者民间记载的重要一环。

如果以正史记载的赵匡胤生卒年间计算,三河著名的二龙桥应该建在公元 960 年之后不久。赵匡胤已经称帝,民间关于其浩大的传说,才能正式出笼,并以此佐证他称帝的必然性与神性。没有一个帝王不自带光环,从他出生时的异常天象开始,到如今属于他的城市与乡村的每一个角落。一些传说甚至全无根底,一些传说是由一粒米或者一滴水放大而成,更多的传说,是某些人的臆想。帝王的光环尤其遍布民间,甚至都找到了活生生的附着物。比如关于二龙桥的传说,这个传说大胆、精致,将帝王诞生之初就安置到了三河这样的一个古镇。而且,它设置了一个相对令人信服的背景。它说:后唐天成二年,也就是 927 年,这是有史记载的宋太祖赵匡胤出生的年份。但是,在三河的传说里,这一年同时成了宋太宗赵光义(赵匡义)的出生年份,将这本来年龄相差十二岁的兄弟俩巧妙地变成了双胞胎。传说当年,后唐皇帝李亶夜观天象,看见大星犯冲,便请术士解之。术士甚为惊异,言此乃天降真龙天子之象也。李亶更是大惊,居然荒唐地让人将全国当年出生的婴儿或即将诞下婴儿的孕妇全部杀死。一时间,有孩子的人家只好四处奔逃。这奔逃的人群中,就有时在宋地的赵弘殷和他的刚刚生产不久的夫人杜氏。

因为夜观天象,才有了后面李亶的杀戮。因为有了杀戮,才有了赵弘殷的奔逃。因为有了奔逃,才有了本来出生在中原宋地的赵匡胤与三河搭上了关系。这传说的环环相扣,几乎有史实般的信力。回头来看当年挑着两个孩子的赵氏夫妻,他们一定是经中原过淮北,然后进入了江淮之间,最后到达了分水岭下巢湖之滨的三河。三河历史上一直是逃难人最好的归宿,土地广大而肥沃,物产丰富,水陆兼并,最宜活人。赵氏夫妻一到镇上,便感觉这镇子的繁华。他们甚至打定主意要在这镇子安定下来。但追杀的人也随之来到。这传说显然充满漏洞,一是将赵匡胤与赵匡义兄弟说成了双胞胎兄弟,二是三河,并非当时后唐势力所辖之地。不过,既然涉及了帝王,这些都不是重要的。传说继续敷衍:赵氏夫妻挑着两个孩子,肚子饿,心里慌,到了三河,稍稍心定了些。他们想歇息一下,解决一家人的吃饭问题。但是,面前一河相隔,河上无桥,只能看着对面的饭店,咫尺之间,却不能至。就在他们叹气之时,突然,河上显出了一座简易木桥。他们赶紧上桥,过河在小南河入口处找了家酒店,向店家要了几个三河糯米圆子,一边喘气,一边吃着。赵弘殷还不时地将圆子送入盖着竹编盖的箩筐里。饭店的店主就好奇了,这是干什么?难道这箩筐里有猫儿腻?他上前来,猛地将箩筐掀了个口子。这不掀不要紧,一掀可是惊动了真龙。他吓得直接摔倒在店前麻石条上。你道他看见了什么?活生生的两条大蛇盘在箩筐里,通体红光。这乡里之人,哪曾如此近距离地瞻仰过龙颜?他吓得说不出话来,但心里却明白,忙令人收拾了一大堆食物,交与赵氏夫妻。赵弘殷连忙说这使不得,店主指着箩筐,不言语,只是坚持。赵氏夫妻也只好千谢万谢,收了食物而去。

传说并没有至此为止。如果仅此而已,那无非是宋太祖与宋太宗刚出生时曾到三河一游,顶多是个刻下名字级别的传说。后面的发展完全因为追杀者的到来。追兵追近,赵弘殷只好打消了在三河安定下来的念头,挑着两个孩子继续往南。赵弘殷夫妇刚到镇南头,便听见了追兵的马蹄声。杜氏慌了神,问丈夫怎么办。赵弘殷倒是见过世面,他看看四周,这出镇之地,平旷空阔,除了一口老井,便是三五棵古树,要想一下子藏两个孩子,殊为难事。他将箩筐放到地上,长叹一声:莫非真到了无路可走的境地了?

此时,古井中突然水声激扬,这让赵弘殷一下子有了主意。他将箩筐慢慢放入井中,用担子架在井上,让杜氏回到镇子里稍等,自己则睡在井盖之上。追杀者很快来到,看眼前三五棵老树,一大块场地,外加一井,井上一贪睡之男人正在呼呼大睡,估计是中午刚喝了酒,此刻正倚着井水的清凉,一边睡觉一边醒酒呢。追杀者舔了舔干渴的嘴唇,他手中的剑转了转,但还是掉转了方向,向着镇外追去。赵弘殷等脚步声走远,才睁开眼。杜氏正从镇子里小跑过来,问:娃呢?娃呢?

赵弘殷又紧张地看看四周,确认追杀者已经远去,他才起身朝井里看,箩筐依然。他提起箩筐,揭开盖子,两个孩子正笑着看他。一瞬间,他又想起刚才饭店老板那惊异神情,他蹲下身,又看了看两个儿子。其实早在孩子出生之前,就有宋地的异人曾告诉他:承天之命也。他不解。等到孩子出生时,满屋异香,室内有红光散发,两小儿脸如满月,方面大耳,接生婆捧在手中,居然颤抖不已。很快,孩子即将满月,就闻听朝廷追杀令下来。他只管挑着孩子一路奔逃,别的也不敢想得太多。直到现在,他望着箩筐中的两个娃儿,他们那样的淡定,让他更是吃惊。而且,就在刚才他揭开箩盖的一刹那,他看见的似乎不是两个孩子,而是两条盘着的巨龙。难道朝廷真正要追杀的就是这两个娃儿？赵弘殷不敢多想。杜氏亲了亲孩子，又将盖子盖好，催促他快走，说那些追杀者说不定还会返回的。赵弘殷望望四周，南、西、北，三条路，走哪条呢？他自言自语道:往哪走啊？

固池。固池。箩筐里似乎传来了声音。

杜氏也惊着了，赵弘殷没再多想，挑起箩筐，沿着往固池的西边大路而去。

三十三年后，传说变成了真实。被赵弘殷挑着的娃儿当中的长子赵匡胤在陈桥驿发动兵变，黄袍加身，成了大宋的开国皇帝。而另一个，被传说强行说成是赵匡胤双胞胎弟弟的赵匡义，在哥哥黄袍加身之时，也不得不避讳，改名赵光义。十六年后，开宝九年十月十二日，公元976年11月14日，赵匡胤突发疾病去世。野史中关于赵匡胤之死有较多猜测，原因有二:一是赵匡胤死时才五十岁，正值壮年，平时身体也无病兆；二是在其死前一日，其弟赵光义被叫入宫中，当夜，兄弟饮酒，第二日清晨，赵匡胤便不治身亡。接替赵匡胤领导大宋的，并没有延续惯例。一般情况下，皆由皇子继位。而接替宋太祖赵匡胤皇位的，却是他的弟弟赵光义，史称宋太宗。宋太宗即位后，或许是心虚，或许是实有其事，反正，他抛出了著名的"金匮之盟"——赵匡胤曾当着其母亲杜氏之面，发誓将来如果自己离世，当传位于弟弟赵光义。心虚也好，金匮之盟也罢，说到底都是政治的角逐与游戏，民间是无法真正弄懂的。三河人在敷衍二龙桥的传说时，本来，传说似乎可以在这街头市井处打住，将这口曾藏身赵氏兄弟俩的井改为二龙井即可。但三河的传说更深了一层。它加重了赵匡胤作为大宋的开国皇帝,对自己出身与过往历程的回顾性关注,以及作为一个真龙天子神话的认可。于是,在三河,这样一个偏离当时政治中心中原遥远的古镇,朝廷谕旨,在皇帝曾现身的井旁河上,建起了一座大石桥,名为二龙桥。桥旁道路,改称皇道,井同时改名为皇水井。最为让人稀奇的是:当建桥之时,冒出了另一个邀功者,那便是当初在小南河口突然出现的幕后人物。他不是别人,正是当地的土地公公。土地公公知道真龙天子要过河,于是,用自己的拐杖化作了木桥,让赵氏夫妻与孩子过了河。既然有如此功劳,三河人便给土地公公专建了一座庙。庙就在井边上,一年四季,香火不断。香火之中,关于天子曾到三河现真身的传说,也越发完善、传奇和不可动摇了。

事实上,三河历史滔滔,无论是存史,还是废弃,三河都有更多比二龙桥更为完善、传奇的故事与史实。但是,那些都是注定存在史志之中的。民间记载,永远是二龙桥的天下。吴楚水军声势浩大的鹊渚之战,太平军与湘军在大雾之中进行的血雨纷飞的三河大捷……包括后来,从三河街上走过的那些人,吴长庆、刘秉璋、董寅初、孙立人、杨振宁……这些存在史实中的人和事,足以让三河,独立于其他的任何一座集镇,并高于它们,进入丹青与不朽。然而,我们更应该注意到的恰恰是这民间记载的动人与不完善之处。包括二龙桥的传说,漏洞太多,犹如渔网。然而,一千多年来,它却一直流传,如同皇水井中的水,如同小南河里的水,如同土地庙中的香火,如同古镇那些歌颂二龙桥的民间歌舞……但是,后来,也许一百年前,也许三百年前,更早或许五百年前,二龙桥被大水彻底冲毁。废弃,成了这座皇帝之桥的最后命运。而那时,大宋国早已烟消云散了。

行走三河,如今在鹊渚两岸之间立着的,依然有二龙桥。不过,它建成于公元2005年,距今不过十五六年的时间。单跨拱桥,青石面,两边设栏杆。桥下拱如半月,连同水中合影,合如一完整之月。桥两头树影婆娑,不远处,两岸人家,烟火不息。市井生活的美好,在二龙桥头日复一日,年复一年。

在与帝王无法割断的纠葛之中,中国诸多的民间记载,都打上了帝王的烙印。三河的二龙桥是这样,其他地方很多的民间建筑与民间艺术也都是这样。三河有了帝王之桥,在等级制度相对明朗的年代,帝王之下,必有承接。只不过三河这区区小镇,居然仅仅在桥这一方面,就鲜明地诠释了这一点。距二龙桥不远,同样在小南河上,另有一座现在看起来精美别致、让人欢喜的木石结构大桥——鹊渚廊桥。

三河,究其实,江淮之间著名的鱼米之乡。同时,因其水路便捷,也是皖中地区著名的水运码头。三河古镇在不断地发展过程中,格局也不断地变化。从一枚桑叶,变成了一座"U"形的城池。围绕城池,十二里长街,构成了"一镇两街三个县"的奇特景象。一镇,自然是指三河镇。两街,主要是指东、西两条大街。三县,则是指合肥县、舒城县、庐江县。在这大街之内,又有清水街、下横街、月埂街等传说中的四十八条小街。因其地理位置优越与物产丰富,这里一直是兵家必争之地,也是商家必争之地。吴楚鹊渚之战,争的也是襟喉之利;太平军三河大战,争的更是锁钥与粮草之利。而作为平民视野中的三河,则是日常生活的绝佳地方——有贸易,有往来,有用工,有需求,集镇因此日益兴旺。到了民国初年,三河人丁已近十万,成了江淮之间商贾云集的巨镇。然而,三河的桥,或已废弃,或已衰老,或被洪水冲走,或年久失修而倒塌。东、西街往来,又几乎恢复到了摆渡时代。有人安于每天渡来渡往,有人却为此忧心。他站在每天来回数趟的渡船上,暗暗发誓(这居然同当年兴建双港桥的尼姑师父们有些相像):是该建座桥了。倘若有生之年,我能在这河上建一座桥,那也是功德无量了。

此人姓俞,名秉仪,谱名德森,时任三河商会常务理事,在东街和西街均有自己的商号。他一年四季,在两个商号和东、西街之间靠渡船来往,少说也得上千回。同他一样,三河普通的商人、行人、乡下进镇的农人,都是下岸上船,下船上岸。史书中记载的那些桥,几乎都被冲毁了。三年两头的洪水,对于水网密织的三河,是最大的灾难。其时,中国正经历了两千多年来最巨大的政治社会变革。帝制消失,民国到来。民国二年(1913),一切方兴未艾。俞秉仪觉得正是修桥的好时候。他联合了东、西街的一些商人,筹资筹物,不到三个月,便在阎王渡北侧修建了一座大木桥。桥横跨在小南河上,东、西街来往,再一次摆脱了渡船。修桥本身既是俞老先生的愿望,也得到了三河众商家的拥护,它与当年桥庵尼姑们筚路蓝缕修建双港桥大不同。因此,从发愿及后来的建造上来看,这座木桥自无特殊之处。然而,它却能一再地引起关注。表面上的原因是:此桥自建成后,一直没有正式的名字。这不符合俞老先生和众人捐资修桥的意愿。修了桥,自然得有名字,那么,这背后是否另有隐情?

能回答这个问题的除了俞老先生,恐怕再也没有其他人了。唯一的现实是:自民国二年桥修成后,一直没有名字。到了民国十五年(1926),同一条河上又出现了石头大桥,这木桥还是没有名字。镇上人为了称呼方便,叫它"老大桥",但仅限于民间称谓。半个世纪后的1969年,安徽发大水,三河更是白浪滔天。大水冲走了木桥的桥柱,桥面板也开始破败。大水之后,为安全起见,此桥正式废弃。废弃之时,它仍然顶着"老大桥"的民间称谓,并没有在三河史志中留下正式的名称。

其实,当初,木桥刚刚建成之时,众人曾给出了一个名字:俞公桥。此意十分明朗。倡修此桥者,俞公秉仪也;出资出力最多者,俞公秉仪也。以俞公名之,乃众望所归。然而,此名字被俞公秉仪断然否定。他一再坚持,宁愿此桥无名,也不愿意将之命名为俞公桥。难道真的是俞公心胸宽广、敞亮如明镜?或者,他知道三河曾有过多座石桥,有些也曾以人名命名,到后来还是难逃废弃之命运?这在当时,是三河的一个谜。俞秉仪不说,也没人得知。木桥无名,一样恭恭敬敬地为三河人服务了五十多年。"老大桥,老大桥",人们渐渐地就喊得熟稔和亲切了。

解开世上的谜,须寻找到解谜的钥匙。这"老大桥"的谜终于在它因1969年的大洪水中被冲毁十年后,一座在原址建起的砼拱大桥给出了答案:鹊渚桥。

鹊渚桥?难道这就是答案?鹊渚乃古三河地名,三河本为巢湖滩涂,远古之时,三河区域,皆为巢湖水面。后来,湖水慢慢退去,滩涂出现,便成鹊渚。这古老而朴素的两个字,为何成了这新大桥的名字?又成为俞公秉仪当年的无名桥的谜的谜底?

世事万千,代代接力。如同流水,一脉推着一脉。这古阎王渡边的新的砼拱大桥的建造者,正是当初建无名桥的俞秉仪的第六个孙子俞孝能。此人天资聪慧,尤其好学。然而,生不逢时。等到他十七八岁时,"成分论"正横行天下。他无缘大学,便改学瓦匠。三五年不到,他便成了三河地区最年轻的有名的瓦匠。他所承建建筑,式样新,做工考究,省料,很快就成了五级瓦工。20世纪70年代末,俞孝能因"落实政策",成为三河建筑公司经理。他上任后,一面跑市场,抓业务;一边请人设计建桥。此桥即后来建成的鹊渚桥。为了这桥,他如同他的先人俞秉仪一样,跑上跑下,游说投资。而且,他还顶着被人说三道四的风险。一年后,新大桥落成。这是三河解放后新建的第一座砼拱大桥。有人建议命名三河桥,有人觉得应该叫红旗桥,或者革命桥等等,每一个提名,都是镜子,折射出一缕缕长短不一的时代光芒。但俞孝能却坚定而执着地提出了"鹊渚桥"这三个字。他甚至拒绝了和别人商量,武断且不容置疑。

谜底就在俞孝能的武断且不容置疑之中。据俞孝能的堂兄弟们透露:俞孝能事实上是在为他的祖父,也就是俞秉仪先生完成夙愿。当初,俞秉仪先生宁愿木桥无名,也不愿意让它挂上俞公桥的名字,是有他的隐秘的原因的。他自打发愿要修这座木桥开始,就定了一个名字:鹊渚桥。取三河古称鹊渚、鹊岸之意。但他没有能将这名字坚持到底,只好以无名来进行抵抗。俞孝能作为俞秉仪的第六个孙子,小时候曾听祖父说托过此事。他便记在心里了,而且,他也不可能想到后来真的有了机缘,能在阎王渡再建一座砼拱大桥。他理所当然地将完成祖父的遗愿,放在了重要位置。但是,他不能直接说出。他只好像他的祖父一样,武断且不容置疑。只不过,他的祖父比起他少了更多的坚定。当然,俞孝能解开的这个谜底,是否就是当年木桥无名的真实的谜底,已无从查考。无论是史志,或者民间记载,这都是三河桥梁史中的重要一笔。即使如今,鹊渚桥已被重新装缮。桥面上新建了悠长的廊桥,徽式歇山廊顶,青瓦覆盖,甚有古意。廊下设置了长长的美人靠。若春风之日,倚坐在桥上,看桥下流水,想世事沧桑,悲耶?喜耶?悲喜交加乎?

三

春季里百花开好风光,包和尚化缘到东乡。东乡景致多美好,包和尚无心来欣赏。东乡狂狗叫汪汪,狗咬和尚破衣裳。"阿弥陀佛"把施主叫,一心化缘建桥梁。

夏季里荷花开热难当,包和尚化缘到南庄。树荫当房地当床,残茶剩饭度日光。南庄的蚊子寸把长,专咬可怜的包和尚。不怪蚊子心肠狠,只怪和尚衣裳脏。

秋季里菊花开秋风凉,包和尚化缘到西乡。木鱼敲之当当响,僧鞋跑烂几十双。西庄施主秋收忙,包和尚化缘到打谷场,五谷杂粮他都要,积少成多换银两。

冬季里雪花飘白茫茫,包和尚化缘到北庄。北庄除夕鞭炮响,包和尚一人多悲凉。住牛棚,睡稻草,身上盖件破衣裳。酸甜苦辣都尝尽,只为修桥造福一方。

以上所录,乃三河地方戏庐剧《三县桥》中的唱段。这四段唱词从春唱到冬,表现包和尚为修桥而四处化缘的艰难历程。唱词中的人物形象,是一个穿着破烂、锲而不舍的和尚,他无论五谷杂粮,还是现银铜板,一概欢迎。他敲着木鱼,地当床,天当被,风餐露宿,忍饥挨饿。他心中有一执念,那就是要尽快地通过化缘,筹集修桥的资金。按理说,作为出家人,心中是不应该再有执念的。何况俗世桥梁,自有俗世的人来建造。一个和尚,念好经,敲好木鱼,做好法事,便已足矣,为什么要掺和建桥这摊子事呢?说到底,还是他的眼里容不得苍生之苦。如此看,这包和尚也算是修行到了极致。那么,他到底容不得的是何样的苍生之苦?

庐剧俗称寒腔,声调凄婉。用这样的唱腔来渲染包和尚化缘修桥的艰辛,从艺术上来看,有其成功的一面。但倘若回到当初的情境中去,包和尚苦苦化缘,其中的苦,应不是自然界的苦,也不是冷眼和狗吠的苦。而是一个人,如何坚守心中执念的苦;而是凭一己之力,独自建造一座跨河大桥的苦。所以,用寒腔来表达,从格调上降低了包和尚的坚韧。包和尚虽然清苦,但他的目光是清澈的;他的行动是决绝的;他的语言是不卑不亢的。他化缘修桥,绝不是为了逞一己口舌之快,而是为着三河两岸的众生。这样,包和尚作为三河众多桥梁人物中的一个,便有了他独立的意义与担当。

三河从古到今,建设和废弃的桥梁,目前已知的有二十余座。但事实上,这个数字也许只是曾经存在的桥梁的很小的一部分。因为废弃,桥梁往往成了史志和民间记载里的一条可有可无的幻影,很难真正理出准确的头绪。对过往桥梁赋予它们实际的各不相同的意义,这是后来者,特别是文人们茶余饭后的谈资。有了帝王之桥二龙桥,有了商贾之桥鹊渚桥,有了尼姑们发愿修成的双港桥,有了为迎接双国公而修的国公桥……后面应该还有。比如这三县桥,就被赋予在了包和尚这样一个悲壮坚守的出家人身上。每一座桥梁都会找到对应的潜在参照,或者对应的潜在寄托。

三县桥是三河现存的最古老的一座大石桥。如果认可传说,那么,它应该建成于民国十四年(1925)左右。现在,这座三拱石桥,是当年小南河上第一座石拱大桥,因此,相当长的一段时间,这桥的名字,就叫"新大桥",或者"石头大桥"。与之相对的是鹊渚桥,因此桥的修建,而被称作"老大桥"。近一百年来,此桥整体结构未曾动过,桥石仍是当年从巢湖运来的青石,以糯米、石灰勾浆。明月之夜,从桥上往河水里看,三拱相依,月影成三;而桥头杨柳,影入水中,参差流韵。建桥之前,河西有古刹万年寺。这包和尚本来是个云游和尚,整日四处参禅,倒也自在。这一两年来,他参禅到了三河,挂单万年寺。每日里,他因为寺中事务,总得往返于三河小南河两岸。事情就出在这里,出在他往返的路上,准确点说是出在他往返的渡船上。

回想一下19世纪,也就是1800年,据记载三河当时有人口五万以上。五万余人,居住于小镇之中,河流两岸。若须办事,往往就得过渡。由此可以想见摆渡之繁忙。忙倒也罢了,不过耗的是时间。但阎王渡耗的不仅仅是过渡人的时间,更是金钱。阎王渡,这个名字就让人不寒而栗。据说摆渡之人曹老大五大三粗,一脸横肉。他摆渡的价钱,比其他摆渡人的价钱高出二成。而且,他强行驱离了上下游一千米内的其他摆渡船。如此蛮横之人,在民风淳朴的三河古镇,很多人敢怒却不敢言。偏偏挂单和尚包和尚站出来了。他质问曹老大为什么要多收过渡人的银子?又为什么要将上下游其他的摆渡船都赶走?曹老大朝手心里吐了口唾沫,鄙视道:你一个臭和尚,管得着?要不,你也摆个渡看看?

包和尚自然无法摆渡,他咽了口气,眼望河水,只好叹息作罢。然而,事情并未结束。当然,如果事情到此结束,便没了三县桥。事情自然不能完,等包和尚办完事回寺再过渡时,曹老大坚称包和尚欠了他的过渡钱。包和尚明知被曹老大诬陷,却拿不出证据,只是气得浑身发抖,双手合十,连诵佛号。曹老大仍在破口大骂。旁边有怕事之人,悄悄替包和尚付了过渡钱。等上岸之时,曹老大放话道:你这和尚,从此后不准再在老子这过渡。

包和尚径直回了一句:不坐也罢。不仅不坐,我还要在此修座桥,把你的渡给停了。

好啊!修啊,修啊,老子等着。曹老大说:老子等着,看你这臭和尚修到猴年马月。

本来是一句随口而出的话,一说出来,包和尚自己也吃惊了。他得当真。出家人不打诳语。此言一出,佛祖是能听见的,三河的百姓是能听见的,河中的神与土地是能听见的。更重要的,是包和尚觉得自己的心听见了。心既听见了,便得当真。他马上回了曹老大一句:你且等着!

曹老大等没等到三县桥落成,这在三河的传说里,找不出任何踪影。而且,一旦这建桥之事,成了包和尚这样一个挂单和尚的心中执念时,它便不再与曹老大有所关联。它只是包和尚心中的一个执念。包和尚回了万年寺,跟当家方丈一说。方丈自然深知一个和尚修一座桥的艰难,但方丈还是点了点头,说:既有修桥的缘分,那就去吧!包和尚从开始踏上为修桥化缘的那一刻起,他应该不会想到:他这一化缘,就化了四五十年。三河从大清变成了民国,小南河的水,涨涨落落,许多当年在阎王渡口听见他说话的人都去了另一个世界。甚至,随着时光的不断流逝,三河人关注的,已经不再是包和尚如何修桥,而是他为着修桥而苦苦化缘的一生。江淮之间信佛者众,包和尚的化缘之路绝不会像寒腔戏《三县桥》中唱得那么凄苦。至于他风餐露宿,地床天被,那可能一半是艺术的加工,一半是源于游方和尚的天然习性。他化缘化了一生,主要还是因为这座桥的工程量太大,一个和尚的化缘,如同一砖一石,没有漫长的时光难以实现。但作为传说,而且关于三县桥与包和尚的传说,不仅仅见之于民间记载,亦见之于正史。我们完全有理由断定:包和尚这一生的修行,就化在了这三县桥之上。果然,到了民国二年,前文所述的无名桥(即后来的"鹊渚桥")也已落成,阎王渡随之消失,而包和尚所化得的银两尚不足以建成大桥。包和尚的执念再次昂扬。他加快了化缘进程,且在心中勾画了一个比无名桥更大的石拱桥的宏大桥梁。十二年后,包和尚已垂垂老矣,他几乎瘦成了一把骨头,凛凛然立在天地之间。他从钱庄取回几十年来所存的银两,延请著名石匠崔氏兄弟来小南河建桥。桥所用青石,全部由水路自巢湖散兵运来,石头勾缝也是使用了最古老的传统工艺——以糯米蛋清捣制后灌浆而成。第二年春天,一座朴实且坚固、平坦的石拱大桥横架在了小南河上。但这桥并未竣工,桥面建筑因为资金短缺,正处在停工阶段。包和尚已是濒死之人,他甚至无力站在自己用了一生气力所化缘得来的桥头。他卧坐在桥头石旁,清澈的眼睛里,横竖映着的都是石拱桥。他拉住来此桥察看的三河商会会长的裤脚,他已无法言语,只是用清澈的眼睛盯着会长。会长犹豫了会,便道:桥面之事,我负责了。

包和尚颓然倒地,闭眼圆寂了。

会长没有食言。他出资修好了桥面。桥就叫石头大桥,桥下流水、行船,桥上行人跑马。传说到此并没有停止。但已足够丰富。包和尚一生化缘修桥,诚为莫大善事。而会长关键时刻解囊相助,了却了包和尚的执念,亦是慷慨之风。到此,三河的数座桥中,已至少有两座与佛教这个传入中国数千年的宗教联系到了一起。帝王,国公,僧人,传说的基本要素逐渐齐整。与其说,传说赞美了包和尚辛苦一生,化缘修桥,倒不如说是礼赞了佛教的悲天悯人。心中有佛,方能坚持信念,方能将苍生之苦,化作自身化缘一生的功德。传说的最后,足以证明此言不虚。石头大桥建成六十多年后,三河古镇开始打造旅游名镇。三县桥"一桥跨两岸,鸡啼鸣三县",又是仅存的最老的石拱桥,因此,很快便得到了加固与修缮。当加固工人在加固拱洞时,他们发现了这桥的真正的名字——六十多年来,它一直是有名字的,只是没人发现而已。名字三个字"三县桥",由崔氏兄弟镌刻在拱洞的最高位置的青石上。字对着河水,倘若行船之人,间或抬头,或许就能看见。但行船之人,皆为利忙;即使偶有抬头,恰恰又不识字,这三县桥名便一直与河水相伴,寂然一如包和尚参禅的一生。有好事者将这传说的结尾作了更绵长的敷衍:说包和尚让崔氏兄弟将桥名镌在拱券石上,并告诉崔氏兄弟此石即为我包和尚的替身,让它来承受这世上苍生之苦吧。崔氏兄弟问为何不将桥名勒于桥上?包和尚淡然一笑,说我这丑和尚哪能让天天过桥的人都看见?还是藏在桥底吧,有缘之人,他自然得见的。从包和尚执念要修桥开始,到他建成石头大桥,近乎是六十年,一个花甲子;而又过了六十年,又是一个花甲子,桥的真正名称方被人知晓。三河镇的人们以隆重的仪式将"三县桥"的石碑,立在三县桥头。自此,由尼姑师父们捐建双港桥开始,到包和尚的三县桥石碑正式竖立,三河与佛的因缘达到了圆满。三县桥,同距它不远的万年寺一道,将三河古镇的佛教文化,写出了沧桑。同时,又经历了岁月之水的洗礼,愈加平民化。走在三县桥上,怀想包和尚清澈的眼神,听着万年寺幽远的木鱼声,这或许正是三河文化的另外一面。多元化的文化,构成和支撑了三河文化的衍生、发展和兴盛……

文化最大的特质即是润物细无声。行走三河,其实就是行走在两千多年的三河古镇文化之中。帝王,国公,商贾,僧人……这当中,不可能没有神仙。地域文化更多的是民间记载,神鬼往往在其中占据重要地位。三河有神,比如涉及二龙桥的土地公公,虽然是个小神,但亦是个正儿八经的神。还有河神,三条河,皆有自己的河神。史志上就有明确的记载:春祭河神!对河神是必须恭敬的,否则,作为水乡的三河,水患甚至是甚于战争的最大祸害。土地,河神,在三河是普通的日常之神。而罗士先生,这里姑且也称之其为神,更准确的定义是半仙。罗士先生是三河地区民间记载中最生动、最传奇、最具有神仙力量的一个人物。大凡此类人物,基本是无父有母。罗士先生当然也不例外。三河民间传说中:罗士先生的母亲是鹊渚古镇一位罗老先生的独生闺女。有一天,小姐到花园中看花,发现花朵上有一颗巨大的露珠,闪着五彩光芒。罗小姐的少女心被这光芒给俘获了,她低下头,一点点地挨近露珠,似乎要将自己的美好容颜嵌进露珠之内。而就在她的嘴唇接近露珠之时,露珠突然飞翔起来,直接飞进了罗小姐的嘴中。露珠芳香,甜蜜,罗小姐含着露珠,通体愉悦。就在她沉浸在愉悦之中时,露珠滑进了她的肚子。她感觉自己就像一朵花一样,被露珠滋润着。渐渐地,她在花丛中飘了起来……

中国古代诸多的传说中,对于无父有母的神仙式人物的诞生,几乎都借用了与罗小姐吃露珠相似的意象。只不过罗小姐吃下露珠,这个意象过于单纯、明净。依照传说最初的设计,吃下露珠的罗小姐很快便有了怀孕征兆。而事实上,她还是一个未曾许配人家的黄花闺女。她的结果可想而知——被逐出家门,流浪在荒野之中。幸亏街坊们同情,施以援手,她总算在十月怀胎之后,生下了后来三河家喻户晓的神仙——罗士先生。罗士先生少有异禀,本来天庭有让他成为真龙天子的意思,但可惜其母亲不慎透露了天机。天庭便收回成命,剥夺了罗士先生作为神仙的基本能力,只为他保留了两样:预知将来和有限的法力。关于罗士先生的传说,不知起于何时。但有一点可以肯定:因为这个人物的出现,三河传说中的神性的意味得到增强。也因此,在考察三河古镇的桥梁时,就无法避开罗士先生。最著名的无蚊桥,即是被按在罗士先生传奇中的一个故事。虽然此桥背后,折射的更多的是一种平民的赎罪意识,但因为罗士先生的进入,赎罪意识得到淡化,甚至直接影响到了桥的命名。

无蚊桥,本名米氏桥。它的修建者是三河米行老板家的米小姐。米小姐作为米家独生女(与罗小姐一样,均是独生女,这强化了悲剧意识与赎罪意识),成年后嫁到同镇戴家。但很快,在米小姐十八岁那年,父母相继过世。不久,丈夫也因病去世。米小姐从此背上了克双亲和克夫的名声。她整日以泪洗面,内心愁苦无比。后来得到高人指点,她拿出所有积蓄,在小南河上修建了一座木桥。她要让木桥代替她,让世上众生践踏,从而消去她命里的罪孽。按理说,米小姐桥建了,消业也不是一天两天的事情,一生,或者更长。这些看起来与罗士先生并无多大关联。但罗士先生还是要出场的。他是个半仙。他在三河的土地上,没有他足迹不能到达的地方。有一天,他便来到了米氏桥,并且吃了米氏饭店所煮的米饺。然后,他兴致很高地问米氏:想求点什么?我罗士先生可是法力无边。米氏当然相信罗士先生的法力,这个弱女子并没有过多地企求,她说出了一个令罗士先生也很吃惊的请求:将桥上的蚊子都赶走。罗士先生愕然,张望良久。他本来以为米小姐会请他稍稍改变一下她的人生,不想,米小姐压根儿就没替自己着想。罗士先生估计也是被感动了,用羽扇一挥,桥上的蚊子瞬间消失。米氏站上桥头,果然,除了清风,再也没有了蚊子的嗡嗡声。回头看,罗士先生已飘然不见。只听见他倒骑的驴子嗒嗒的蹄声。

没有了蚊子的米氏桥,慢慢地就成了无蚊桥。神性、仙力与传说相结合,使这桥成了三河古桥中的一座名桥。每逢夏日,无蚊桥上人流如织。倘若问问这些人:真的无蚊乎?

答案是肯定的:无蚊。

这就怪了。一河之上,两岸之间。在水乡本来就多蚊的夏日,居然真有无蚊之桥?如果不是后来此桥被公路涵洞所替代,一定能考察出更多的传奇来的。

存史,是一种方式。民间记载,也是一种方式。三河古镇的桥,或已存史,或流传在民间记载之中。每一座桥都承载着过往,当下,与未来。桥的变迁史,往往就是古镇的变迁史,就是古镇人心的变迁史。因此,废弃与否,并不仅仅是物质上的消亡。有些,虽然物质上消亡,但却在史志,或者民间记载中,得以永生。

最后,在回顾之时,三河一座叫"济公桥"的古桥呈现出来,值得研究和考察的是这个桥的桥名。从飞龙桥到济公桥,再到人民桥,最后又回到济公桥。一桥三名,其中所串联的传说,更能令人思考。

济公桥修建的缘起,是因为一次悲剧。1939年,当时三河肥南中学的一名学生,因乘渡船过河,不幸溺亡。此事引起民愤。痛定思痛后,时任三河商会会长的潘复生号召商人们捐资捐物,修建桥梁。很快,便架起了一座木桥。因为当时驻三河的国民党剿匪司令名叫杨飞龙,故桥名便被定为"飞龙桥"。但桥名尚未勒石,国民党六军军长张淦(号济公)来三河视察,见三河正修建木桥,便慷慨捐款。于是,杨飞龙便提议此桥名"济公桥"。济公桥使三河西街多了一个陆路出口,迅速带动了邻近的胡仓嘴与小月埂的繁华。这两地很快成了三河的烟花之地,其繁华程度,堪称"小上海""小南京"。

1950年,"济公桥"改名"人民桥"。

1954年,大洪水冲走了木桥。后经多次整修加固,木桥墩被更换成了石桥墩。20世纪90年代,桥面大修,并重新装饰。桥名由"人民桥"重新改回了"济公桥"。

(注:胡溢定《文化三河》,黄山书社,2014年1月。)

元 四 章

元四章

元四章。这名字特别地让我喜欢。其实这是一个地名。地名叫元四章,就更让人喜欢了。

往往在旅行之中,一抬眼,看见一个有意思有趣味的地名,端端正正地写在牌子上,或者歪歪扭扭地写在墙壁上,都是好。都想停下来看一看,感受这个有意思的地名背后的故事。

当然,往往只是一瞬间。那些名字和故事,都远远地消失在群山与云烟之中了。

元四章。在江南池州。江南是有梦的地方。再枯涩的人,到了江南,也能生下根,长出芽,抽出叶,开出花。路边有草,山上有泉水,村口有牌坊,祠堂里有列祖列宗的牌位,方言里有年代久远和移民的韵味……一个叫元四章的村子。很久了,很老了。即使村子里新修了道路,新刷了墙壁,新建了礼堂,新盖了楼房,但元四章,还是静静地藏在这些新建之物的背后。它是更加安静的那一部分,是更加守成的那一部分,是更加天然和规矩的那一部分。

两个部分,没有融合。只是相看。

元四章。简约。灵动。我想听听它深处的流水声,想缓慢地打开它的古老且生着苔藓的石质的封面。那里或许有吟哦,或许有马蹄,或许有狐仙,或许有道士;或许有高僧,或许有流人,或许有怨妇,或许有书生,或许有幼雏……或许有剑气,或许有寒霜,或许有流萤,或许有涕泪,或许有老酒,或许有红妆……但一切都只剩下一个名字了。

元四章。他们告诉我有江北的老乡在这里。还告诉我,或许有元人的后代在这里。元人当然是指元朝那些贵族的后代。元消亡后,那些贵族四散隐遁。江南元四章的山水正是最好的藏匿之所。既得山水之形胜,又能延根接脉,此乐何乐,岂止四章?应是十章,百章,千章万章了。这只是我的臆想。事实上元四章的故事,是另外的。另外的故事,将来我得写个小说。小说的名字,就叫《元四章》。我不加注解,让人跟我一样的喜欢。

元四章。再回到这个单纯的名字。我喜欢的其实也就是这个单纯的名字。名字能生发人的无穷的想象与亲切。处江北而思江南,处西城而思元四章,如此奇怪,却如此具有卯榫之美。

写完元四章。想到还有许多这样生命中曾经经历的名字。早年在西北,见过"大车把",俗得大气;后来在神农架,见过"木鱼",心中一动;还有"桃溪""寺前""伊洛"……都好得不得了。最大的好就在不着痕迹,犹如天成。

最后想到两个也是好但却有些刀光剑影的地名,是桐城的,清初因为文字狱被腰斩了的戴名世戴南山的老家边上的,一个叫"砚庄",一个叫"墨庄"。

最　好

香樟有满枝的叶子,紫薇有满枝的花朵,大院子里有满地的羽葵,树荫下,有满地的月光。

而我,有酒盈樽,有香满怀,有爱盈心,有好念头,满着好日子。大凡有生,佳景也许即在此。不事雕琢,其实是最难。比雕琢更难。清水芙蓉,最清澈。想起那天在香炉寺所见的白兰,最清亮。这些都是好日子的好风景。与酒一样。酒香四溢,比酒入喉咙要好。酒香是醇厚的,温和的;酒入喉咙,是如火的,如刀的,如剑的。当然,这仅指我。我喜欢大杯喝酒。因此就少了"品"。酒不品,则不知酒味。大口饮酒,虽然豪情壮志,但无酒味,如同冲天一炮,轰过即成灰烬。古人饮酒,大抵率性而为。但我想:不若有酒盈樽,盈而不饮。是为清供。

酒可清供。花可清供。芸芸众生,亦是清供。

还是回头来看那紫薇。开得漫长,这是好兆头。那羽葵,生得安静,这是好兆头。还有月光,朗照你我,这是更好的兆头。

从前想携一壶酒,入山边看山边饮,醉而忘归,身在何处即何处。现在想有酒盈樽,慢慢看。慢慢守着。守到紫薇开到最好,守到羽葵静到最好,守到月光明净得最好。

香炉寺记

师父说:一切由心造。心有,一切便有。

师父又说:色即是空,空即是色。色不异空,空不异色。色与空,是相互转化的表里。

师父还说:经不是单纯念的。而是要感应。比如《心经》,比如《金刚经》,比如……

此时,寺外天空明净。四围山阴林合,门前河水自在。更远处,田畴与村庄,被无边的草与树遮掩。自然呈现着本真的面目。寺内,建成好的大殿,正在建的大殿;上了彩绘的大殿,与裸露着水泥钢筋的大殿;不闻不问地立着。倘若仔细地看它们,佛并不在它们那里,却能感受到佛的气氛。

还有花,绿植。白得让人心动的白兰。荷。文竹。都是我喜欢的。当然,它们并不是因为我喜欢而生长在这里,也不是因为这里是香炉寺而生长在这里。它们是结着地缘,将缥缈的影子和纤细的心思,都放在这寺里了。

没有人探究。也不能探究。万物有序。这个序,是深入不得的。

师父嗓音洪亮。自言俗家在六安。二十八岁出家。师父反复说:缘是得结的。缘不到,便是不到。师父说:十几岁我就想出家。结果缘没到。后来,经历了人世的苦乐,缘到了,一夕便着僧袍。他说话时,牙齿洁白。笑容宽厚。他曾经是学童,建筑工,佛学院学生、讲授、儿子,父亲……现在,他是香炉寺的住持。师父合掌行礼,我们喊他:果号师父。

寺始建于元,多次毁建。到20世纪初,有释慧杨者,驻此寺。弘法之余,悬壶济世。人称"身似菩提心似镜"。20世纪中期,寺毁,驻寺僧人落户龙潭河边。香火渐息,焚呗声断。21世纪初,方有外地僧人来此,三间草寮,持斋诵经。九年前,果号自淮北显通寺来。筚路蓝缕,一砖一瓦,一寸一尺,一分一厘,终将古寺恢复至今日形状。晨钟暮鼓,从此萦绕。

寺在香炉山上。山下有村,亦名香炉村。

听师父说。看寺中花。吃素斋。

不知不觉,便见缭缭绕绕香炉香了。

书带草

有些植物令人充满想象。比如书带草。名字里有了个"书"字,就令一些读书人想见它与书卷的联系。它是否也如书卷一样的清香?如书卷一样的绵长?一样的蕴藉?一样的自有颜如玉?清朝大玩家,也是大闲情家,还是大戏剧家,这家伙的名头太多了,只说名字——李渔,就是写《闲情偶寄》的那个老头子,他写到书带草,居然说:"书带草其名极佳,苦不得见。"哈哈,这玩出了人生高妙的李老头,也有苦不得见的时候。我当初读到此,竟然失笑。我不是笑这老头子的"苦",而是笑他也有不知。这书带草,我敢打赌,李渔是见过的。只是见了,忽略了,不像那些衣着鲜丽的美人,不像那些色香味俱全的美食,不像那些人来人往的街市,而只是一种常藏在阶下,常侧身于阴影之中的小草。太平常了,姿色一般,眼神一般,风度一般。怎堪入李老头的法眼呢?

书带草是一种极其普通的草。一种园林的草。一种生在树荫或者阶下的草。一小蓬一小蓬,茎叶纤长,柔韧,翠绿,与一般杂草颇相似。清晨,露水从它的叶片上往下,或许仅仅就一瞬间,便潜入了泥土。恰如这草,迅速,质朴,寂寥。草木亦有序,这草在自然界中的序,即是如此。草木知命,这便是大好。

因此就有了正式的名字:沿阶草。

也开花,细小,白色,往往被视而不见。果实在一般人眼里从未有过。连草本身也被忽略了。何况更为细小的果实?我想它是有意的。更细小,则更容易被保护。植物界的草木,首先不是为着给人类把玩的。它最大的使命是成长和延续。

《花镜》中说书带草"颇堪清玩",大概是说它的清寂。陈从周先生说它向来是古园林的"补白",大概是说它的功用。我自从知道"书带草"这个名字,就时不时地注意它。结果是:大多有风景的地方就有这种草。而却从来没见过标牌上的介绍。难怪李渔也"苦不得见"呢!

早年,对每一种植物,我好把它们同其他事物进行比较。现在不了。它就是它,它生来并不是为了跟别的事物比较的。我觉得书带草有清香,有绵长,有蕴藉,有颜如玉,但那都只是它自己的。它在,它们就都在。

艾、菖蒲与端午

传说都已经写得太多了,我不写,但是避不开。正如人生活在这世上,很多的事,避不开,绕不了,只得走。走了,才有通道。屈夫子当年是把长江当作了通道。那浩浩的江水,把他送到了他自己的理想之地。

多年前,父亲还正值中年。夜晚灯下,他说起自己私塾时写的

端午诗:

> 时逢重五是端阳,
> 满泽龙舟竞渡忙。
> 争观风帆人两岸,
> 忠魂化作水三湘。

这是我记得最牢的一首写端午的诗。父亲还有一些诗,20世纪90年代初,我曾做过记录。现已不存。而八十多岁的老父亲,亦不太记得。往事有时是浮在心里的,有时是沉了下去,再也浮不上来了。

我敬重这些传统的节日。有时就有些老派。老派自然没什么不好。早晨看见路边出售的艾和菖蒲,便要了两把。辛辣的艾味,清腥的菖蒲味,混合成了一种端午的气息。它们能驱邪,能避灾,能成为让心安顿的植物。由是,我看着,就静了下来。每个人心中都有邪性。端午,或许不仅仅是纪念,不仅仅是驱邪,更是一次自我的清洗。

清亮了,无尘了。水一样净了,浪一样白了,便龙舟一样地自由了。

忽 然

那日忽然想到山中的寺庙。明黄的院墙,寂寂的花朵,一闪而过的僧人……其实这些都与我无关。尘世里的物质,在寺庙中一样的坚硬与冷漠。而我只是想看看檐下的滴水,它们一滴一滴的,滴到下面的青苔上。我是喜欢那些青苔的。青苔静寂,庄严,内心里有无穷的广大与坚韧。

我后来想,我并不是想到寺庙,而是想到了青苔里所隐藏的无数个春天。

说到江南。花开的时候并不适合。太热闹了。花落的时候亦不适合,太清冷了。半开半落之间正好。正适合看,正适合想,正适合拿一支红烛,在夜里照它们的韶华。

山间有花,我却只看见藤;水边有花,我却只看见蕨;屋前有花,我却只看见门楣上的苔藓;后院里有花,我却只看见那顶挂在院墙上的古老的草帽。

又一日,忽然想到从前的云游僧。四处行走,一钵,一盂,一袈裟。看起来是够简单的了。

后来再想到,觉得一点也不简单。云游僧走的是道路,看的是风景,听的是说话。云游僧抬起头来时是云朵,低下头去时是青草,而当他躺下时,他是黄土。他在梦里时,他便是自己的佛陀。

走齐鲁

火车飞驰。古人要用半个月的时间,我只用了两天就走了个来回,且做了一场演讲。第一天热。沿途的风景先是满眼的绿,再是渐次的绿,后是零星的绿。我喜欢那些山,从淮河往北,山峰愈加地小、峭。山皆石山,石垒间生些矮树。一行行,兀自向山顶攀登。淮河的水是满的,船很少。水依稀很浑黄。淮河的堤坝几乎与两岸边的土地持平,因此就有了满溢的感觉。这是淮河不同于长江、黄河之处。北方平原上,小麦铺成了植物的毯子,厚厚的,往杨树丛中铺过去。那些杨树,生出密集的叶子。叶子是青色的,泛些微的白。再过些时日,它们必是碧绿的了。

齐鲁大地是个文化的地方。
齐鲁大地是个出圣人的地方。

因此,风景只好退到后边。文化和圣人先走到了眼前。

运河也是齐鲁大地上的一条河流。运河地规则与限制,在它的堤岸。岸旁植树,运河因此有了人间烟火的气息。我一直喜欢运河这个名字,有悠远,苍凉,和落日般的乡愁。

春 入

"春入冰心",这是桐城人方中通诗句中的一句。我喜欢。春虽是万般的好,但总得有个落处。冰心。冰清玉洁。我喜欢。

最近突然的不悲观了。是因为坚定了信心,还是看到了另一种执着?人生往往就在执着中。我却时常自诩已经出来。其实都在其中。海德格尔说:人生是向死之程。然这旅程中,是心随意走,还是负石而行?则在内心。

一切都是明净的。

还是说到悬崖。要么是最美的风景。要么是最坏的献身。

融雪之声

雪落无声,清寂且澄明。我喜欢这漫天的雪,纷纷扬扬,把人世间的所有的悲欢,都暂时覆盖了。一个人走在雪地上,脚下是脆脆的声响。抬头看那些樟树,树枝间还挂着雪片。白的雪,在绿的樟叶衬托下,越发地纯净、清新。看着,心里头一动,觉得这一绿一白,更像是青葱的爱情,沉静而欢愉。

下午,从老街过。两旁的人家,声音很少。老街有些清冷。麻石条上泛着雪融化后形成的水光。这时,我听见融雪之声了。清脆,清泠,清亮。一声一声的,就在头顶,却又显得遥远。这声音应该是从两旁老房子的檐上发出的。那些陈年的老房子,容易收藏雪。雪在瓦缝里,同那些瓦松一道,慢慢地积攒着,渐渐地就厚实了。气温升高,这檐上之雪,悄然融化。人们看不见它的消失,只听见这滴答之声。一下一下,一声一声,纯净极了。

这近乎天籁。

这宛若婴儿之笑声。

这是难得的天地之风雅颂。

由是想起儿时乡下。那时的雪更大,草屋顶上,盖满厚雪。屋檐上挂着长长的冰凌。孩子们喜欢看,或者折断拿在手里当剑。有时也忍不住伸出舌头舔上一口,冰凉,居然有一丝清甜。太阳出来,雪开始融化。村庄上融雪之声,叮当作响。老人们坐在阳光下,边听这声音,边准备着过年的用品。我们在越来越小的雪地里奔跑。比较每家屋檐上融雪之声的异同。晚上,我们挤在床上,梦里也是这声音。一到天明,我们急不可耐地出门来听。雪却没有了。雪在一个夜晚全部离开了村庄。雪回到了天上。

听着老街的融雪之声,想到从这老街走出的桐城文化。桐城文章号称清正雅洁,也恰好这融雪之声一般。清正才是遵从了内心的法则,遵从了自然的规律。雅洁,才是契合了为人的品格,契合了独立的修为。

融雪之声,美。听着,还感觉到其中的悲悯与忧伤。或许这也是天地之间应有的意趣吧!

止有沧浪渔父吟

一年将尽。细雨夹雪。正是守静的好时刻。将心思定了下来,红尘浮世,都忘却。竟然发现这世界是如此的美好。掌心爱的温暖直达心的深处。如此,仿佛能听见端坐弹琴的声音,听见黑发间流出的清唱。

十八九岁时,有年夏天,与一两个好友坐船去九华山。江上风大,近滩芦苇摇曳,鸥鸟飞翔。少年人的心思,随水远天阔。那次,船经过了长风沙。长风沙是个好地名。李白当年专门写了首《长风沙》。但我更喜欢桐城人姚鼐的那首诗,他说——西风飘荡兼葭外,止有沧浪渔父吟。这两句真好。不见江上往来人,但见浩浩沧浪水。比之如人生,恍若大悟。

明月。竹。

在充满人文气息的蒙奇回来,虽然没有喝酒,但有醉意。他们真是太忘情了。看着,想起自己喝酒兴致高时,应该也是如此。人生难得。世界很大,然而能说话的人却很少。这是摒除了名利之争的相聚,是自由着来自由着去的坦诚。酒散人去,一抬头,一轮明月,是那种纯净的明亮,那种让人心生愉悦的明亮,是那种一下子就照到心里的明亮。

我欢喜地站在路边上看。我似乎看出月里的人影。月里的爱情。月里的漫长的岁月。

那丛竹。当我与它相遇时,月光正在它的枝干上漫溯。我闻到了竹的清香。

这香与我思念的气息相融。我因此知道:万物皆是生香的。而所有的香,其实都缘自内心。心中有香,万物自香。

明月。竹。

他们说:地道的普洱,泡出的茶是酒红。真好的颜色,能让人迷醉。

如　风

那些舞蹈如风。生命因之成了流淌的河流。

有一瞬间,我看见舞蹈背后的泪水。事实上,那并不是她们的。那些泪水如同花朵上的露珠,如同秋天的寒霜。在激昂的声音掩盖下,它们滑落进泥土。

事物的呈现只是过程。而这已经足够。

我常常作多余之想。仿佛沙弥作俗世之思。

羽 葵

一丛羽葵,什么话也没说,就跑进湖边的高大的树荫里了。那里有一树很小的枫树。不到一米高,树叶正黄。薄薄的黄。枫树也长在高大的树荫里。它们安静地长着,相望着。

湖水知道这些。

湖水偶尔生起圈圈涟漪。羽葵想:湖水也有心思呢。

枫树摇了摇身子,往前凑了凑。

一声鸟鸣,算是给了他们妥帖的注脚。

正 好

昨日冬至。黄昏时听到很多的爆竹声,似乎还有隐约的纸钱的光。一个人沿着老城墙走了一圈,感觉时光缥缈。勺园边上的一座门正开着,便进去。无人。深处是组颓废的建筑。两根柱子撑着,也没人。我想这是否是当年桐城鲁洪方氏的祖业,与勺园本为一整体,但不可考。站了一会,想到舒芜先生故去后,骨灰回到勺园时,我过去拜祭。勺园里很冷清。舒芜先生从前离开时,是个热血青年。如今回来时,已是一捧骨灰。人事代谢,江流石转。一切的功过是非俱已湮灭。唯有这勺园收留了他。唯有这小城收留了他。

一个人再建功立业,也抵不过时光的漫漶。如此想,沿着这老城墙走一圈,是最好的。能平静地走一圈,想想事,想想人。想想就在这远的小广场那边,有我所思所念。这就正好。正好是一种难得的境界。难得就难得在它出自心,无机杼。人生正好,爱情正好。那么这悠远的古城墙下,便可如青苔如忍冬,过日子,写文字。

说到忍冬,我是真的喜欢的。这种花,在乡下叫作金银花。本来沾金带银是一种俗气,但用在此却一点俗意也没有。关键还是在花,一年四季地开。尤其是冬天,墙头上静静地绽放。香是幽静的,花瓣是美丽且素朴的。真的喜欢。曾经拍了些图片。两心契合,图片竟然是那么的相同。一种开到心里的花,它便不是俗世的了。既不是俗世。那么金银之名也就无所谓。无所谓便是一种正好。

坐等苔痕上阶绿

有时候就喜欢一些特殊的意境。比如苔痕,那种温润和清凉,以及苔痕之下的婉约与缱绻。想到流水在苔痕之下,星光在苔痕之上,而喜欢苔痕的心,或许正如苔痕一样,慢慢地,就长出那一痕痕的上阶之绿了。

坐等苔痕上阶绿,这是一种心境,非到中年不可有。少年有,则少无忌;青年有,则失风发。中年则须有。中年有,便是知道时光漫漶、岁月匆促;便是明了万事万物皆是缘分,求它不得,去它也不得;便是云淡风轻,懂得捡拾落叶、细数落花,闲看白云,静观山峰的安然与宁静了。

张载说:石不可以无苔。无苔则失之鲜活。中年之人,亦不可以无苔。无苔则生涩干冷。则茫然枯槁。

因此坐等。

因此在坐等之中,看天光,读黄昏之蝶翼。上阶绿。中年之心格外圆满。

忽然说

窗外不远处有山,山是光秃的。没有树,但有小路。白白的,悬着。阳光正照着那小路,光线晃动之处,似有人影。其实没有。只是我心有。心有,则呈现。佛说:一念生,便见。

忽然说:无念,亦无意。无执,亦无趣。

所以,那些光秃的山是对的。坚持和独立。周边松涛再喧哗,它依然光秃。那些白白的悬着的小路也是对的。悬着,尽显它们的心性。而那些人影,还是对的。他们倘若真的没有,何来这人世万物的生动?

想起灵隐寺

垂柳飞花村路香,酒旗风暖少年狂。

桥头日系青骢马,惆怅当年萧九娘。

再读陈独秀的《灵隐寺》,想起应该还有他的书法。可惜找不到图片了。那张书法萧疏狂淡,直有书生之恸哭。当时看,十分喜欢。此诗亦然。酒旗风暖少年狂。真是也!

再想到灵隐寺。飞来峰与北高峰两峰夹峙,一寺幽立,木鱼声响,清寂绝尘。少时读纳兰性德词,似有"南高峰与北高峰"之句,记不确切了。当时铿锵,如今依稀还有感觉。

人生唯妙,不独少年狂。中年亦狂。不过狂在内心耳。中年之狂,当是天真之狂,当是了然之狂,当是历经红尘后的不二之狂。

中年之狂,更是如灵隐,幽绝独立,却金石不易。

少年有幸,酒旗风暖。而中年有幸,当是亦师亦友亦亲爱。

无端又想到韩荆州的诗句"芭蕉叶大栀子肥"。向来喜欢这句。倘若在灵隐,便是更加恰切了。

千峰一灯

1652年夏天,芭蕉刚刚在浮山石屋寺的院子里盛开。一场夏雨之后,诗人钱澄之来到石屋寺。夜半,他想起十年前自己三十岁时第一次来寺的情形,禁不住泪痕潸然。他写了两首诗:

> 石屋重来万恨侵,独留高桧碧森森。
> 两廊罗汉旧相识,记得然须夜苦吟。

> 唱和已稀莲社侣,送迎不见虎溪僧。
> 夜深醒却十年梦,独对千峰一点灯。

最后两句:夜深醒却十年梦,独对千峰一盏灯。写得真好。三百多年后,我来读它,依然是心有忧伤。但是,其中却又有不尽的豁然。

十年一梦,扬州已去;千峰一灯,人间依然。

只是那三百年的芭蕉,三百年的古寺,三百年的人间流水,都消遁在无形的大化之中了。

册 页

人类几千年来的历史,其实就是在不断地修建庄园和毁坏庄园。修建与毁坏是一对兄弟,彼此相依相存。

没有修建,人类的欲望便无以呈现立体的价值。而没有毁坏,人类的欲望便没有了前进与再生的动力。

这个世界就是无数座庄园的集合。也就是无数次荣辱兴衰的集合。我们感叹那些存在过的,追思那些消失了的。是因为我们内心的影像中,它们还是一种慰藉。是一种需要。是一种寻求。

而事实上,毁灭是修建的前提。

我们永远不可能囿于同一条流水。我们走在流水的岸上,修建、生活,和遗忘。

合肥:淮右襟喉,江南唇齿

四月,逍遥津里垂丝海棠盛开。一津碧水,花香弥漫,江南气息若隐若现。

而事实上,合肥,历史上曾是淮楚故地,临北边域。逍遥津曾是三国战场,大将张辽威震逍遥津,那一世英名,如今还能让人感到震撼。淝水东流,逍遥津连同它旁边的教弩台,以及不远处的藏舟浦,回环相连,硝烟与干戈交织,流水与往事相参。而如今,一津夕阳,映照着垂丝海棠。加上远远近近的波光,以及倒映在水中的云影,更多时候,我们开始感到江南的温婉与明丽。至于硝烟,至于干戈,已然化作了尘土。

淝水沿着古老的城垣,流淌着这座城市的千百年历史。北有淮水,南有长江,江淮之间,一城独立。历史上,这里一向是军事重镇。"淮右襟喉,江南唇齿"这八个字,当是最恰切的表述。垂丝海棠,一脉江南风味。正应了"江南唇齿"四个字。江南从长江以南蜿蜒而来,过江,乘着舟楫,绵延上这里的花草树木。而"淮右襟喉",则明确地指出了合肥地理的险要。得合肥者,得江淮;如此,曹操、孙权当年才在逍遥津苦战,双方争夺此出前后达三十二年之久。到了南宋年间,金人数次挑起合肥之战,拉锯式的战争,让庐州古郡民生寂寥,"一城荒凉唯斜阳"。

风云际会,其实都不及时下逍遥津的一树海棠。

而追寻合肥的文化印迹,则常常能使人沐浴在海棠香中,油然生出幽燕之慷慨。

最至刚者最至柔,这恰好也是合肥这座城市的性格写真。

合肥是座有水的城市。人类最初逐水而居;后来,逐水而城。北魏郦道元《水经注》记载:"夏水暴涨,施(南淝河)合于肥(东淝河),故曰合肥。"一座因二水汇聚而得名的城市,水声一直回荡在古城墙的砖石里,从未干涸。

南淝河与东淝河交接并流,城因水生。到秦统一六国后,举全国之力,开辟了黄河流域至淮河流域、长江流域的黄金水道,合肥正处在水道要冲,从此注定了它得天独厚的地理优势,然而,也正因此,兵家接踵,干戈不断。宋以后,战事稍息,合肥一度成为江淮商贸集散之地,"百货骈集,千樯鳞次"。尤其是金斗河两岸,"悉列货肆,商贾喧阗"。《货殖列传》中记载了当时全国最重要的 18 个商业都会,合肥即为其一。

水,带来了这座城市,也滋润了绵延不绝的文明。

江南之婉约,北地之慷慨,在合肥均有完美的诠释。淝河是众水的代表,而今,淝河在入城之后,已由当年的护城河,变身为长达九千米的景观带。清晨,沿着淝河行走,流水澄净,树木无声。只有鸟鸣,从树上落到水面,再由水面弹回到树上。一落一弹,趣味无穷。逍遥津居淝河南缘,而再稍稍往下,庐阳八景之一的藏舟浦,已不见踪影。曹操当年的上千大战船,俱已化作尘埃。然而,老合肥人往往仍随手一指,说:"多大的水面啊,芦苇浩荡,藏舟千乘。"

淝水在城内纵横派生,包河也便清波常在。我刚从桐城调入合肥时,喜欢到包河中的浮庄去小坐。浮庄,其实是一座半岛。水与岸平,四季幽静,适合独处。我在浮庄上,远远就能望见包公园那边的高大的塔尖。水,杂然赋流形。包河之水,赋予了包拯的忠直与刚毅。倘若从北地文化的传承来看,包拯所代表的清官文化,更加显得刚硬与苍凉。相传包拯曾被皇上派回故乡肃贪。一夜之间,他铡杀数名官吏。为国尽忠,英雄也;而面对包河流水,面对故乡,他的内心或许泪流不断。最至刚者最至柔。这恰好也是合肥这座城市的性格写真。

包拯致仕后,朝廷将包河赐予他,并改名"包河"。他在河中种植荷花,所结莲藕,中孔清白。数百年后,包河盛夏,荷花高举,还仍可读见一代忠臣的铮铮之心。

姜白石的合肥,张家四姐妹的合肥,有着真正的诗意与美好。

环城路围起了古合肥。虽然城墙拆了,但城墙的印迹一直都在。环城路就是古城墙的影子,或者说是古城的一条腰带,束着古城的晨昏。而这腰带在赤阑桥边打了一个结。这是一个柔肠百结的结,这是一个风情万种的结,这也是一个让流水至今仍在期待的结。

姜白石。赤阑桥。大乔。小乔。

从赤阑桥边经过,最先听见的不是流水,而是琵琶声,古琴声。然后,便是那飞旋的纤指,婉转的吟唱……1180年前后,南宋词人姜白石,访友来到合肥。他没想到:当他系舟包河,卜居赤阑桥头时,他会从此与这座桥结下"人何在,一帘淡月,仿佛照颜色"的惆怅情缘。

一生布衣,浪迹江湖,姜白石天生就是个词人,就是个曲家。他诗词曲文皆工,深得当时文坛领袖范成大、杨万里的赏识。然而,在他的内心里,最柔软的地方给了合肥。赤阑桥边的大乔和小乔姐妹,与他同声相契,唱他写的曲,吟他填的词。他流连桥头,甚至一度萌发在此终老的感慨。但是,他还是走了。一次次地离开,一次次地返回。在十余年内,姜白石往来合肥多次。然而,1191年秋天,当他再次从杭州赶到合肥,赤阑桥边已没有了大乔和小乔。惊鸿照影,一去不回。独有斯人,长歌当哭。他在赤阑桥上徘徊,面对不远处藏舟浦的芦苇,"但浊酒相呼,疏帘自卷,微月照清欢。人归何处,戍楼寒角",他仰天长叹"肥水东流无绝期,当初不合种相思"。

姜白石是江南的,有了姜白石的赤阑桥也是江南的。一直到晚年,姜白石仍记挂着合肥,在《送范仲讷往合肥》诗中,他写道:

我家曾住赤阑桥,邻里相过不寂寥。
君若到时秋已半,西风门巷柳萧萧。
小帘灯火屡题诗,回首青山失后期。
未老刘郎定重到,须君说与故人知。

故人早已天涯。但这江南情怀,随着白石之词之曲,永远地镌刻在了赤阑桥头。以至于七百多年后,民国风华绝代的张家四姐妹经过赤阑桥边,面对流水,感念白石与大乔小乔姐妹的相思,喟然顿足。后来,这四姐妹虽然远走他乡,甚至到了国外,但她们一颦一笑之间,还都有合肥这座城市所给予她们的清丽和明慧。尤其是大姐,在昆曲声中,将江南唱得山水流转,唱得千回百折……姜白石的合肥,张家四姐妹的合肥,那才是真正的诗意与美好的合肥。

一道冠以人名的名菜,列于合肥特色小吃之首,也见历史之风云

20世纪50年代初,一代伟人来安徽,说:"合肥不错,为皖之中。"合肥因此成了安徽省会。那时,合肥绿杨遍道,城内城外,流水相连。如果将七十年前的合肥与当下的合肥相比,那就是小家碧玉。它的个性,更与姜白石的合肥相通。但是,这碧玉之中,亦有黄钟之大音。

除了包拯外,中国历史无法回避一个合肥人,那就是李鸿章,生于晚清颓世,想救大清于水火之中。他建淮军,在八百里巢湖上练水师;他开洋务,培植了现代工业的基础;他夙兴夜寐,忍辱负重,想以一己之力,撑起晚清摇摇欲坠的大厦。这是个晚清殉道者。在早已消失的金斗河边,李府虽然只存留了十二分之一,但其浩大规模,仍可见当时的辉煌与荣耀。可是,这一切,能让最后死在谈判桌前的李中堂瞑目吗?不能!这个至死都睁着眼睛叩问苍天的人,他把合肥这座城,由此带入了无以名状的悲凉与沉重。

李府内也有海棠,还有其他多种树木。而李府之外,就是繁华

的淮河路。一世人事,千年沧桑,评说者自在评说,而过往者已然过往。

可是,当转过淮河路,在路边的小吃店里,一道合肥名菜却依然将李中堂端了出来。李鸿章大杂烩,这个冠以人名的庐州名菜,说白了,无非是将各种食材烹于一锅,杂味纷呈,便成独一味道。此菜名源于李鸿章访美期间待客之菜。传说当时正菜上完,客人意犹未尽,厨师只好将后厨所剩食材混合下锅,客人品尝后却大加赞赏,请教李鸿章菜名。李鸿章用合肥话答曰:杂烩。从此,此菜便名满天下,列于合肥特色小吃之首。吃菜自是世俗,却也见历史之风云啊!

合肥城南,有紫蓬山;城西,有大蜀山。

紫蓬山上,有一大片麻栎林,有古老的西庐寺。而大蜀山那边,则是著名的科学岛。合肥城,正在不断地扩张。当年5万人的小县城,如今已是800万人的大都市。人们到山上寻找宁静,哲理,与文化。或者,到科学岛那边,与大科学装置相遇。我曾不止一次地想:一座城市,怎样才能在亘古的变迁中,获得向上成长的力量?

答案是肯定的——创新。

在西庐寺前,古琴声中,一场茶道正在进行。茶香氤氲,浮躁的心灵渐趋平和;而林中,青苔幽绿,泉水叮咚。城中之人,来此洗心。偌大的山,成了城市的隐逸者。

而在城中,无数的人,正在为这个城市的拔节生长奋斗着。这恰如它过往的历史一样,合肥从来没有停止过。一座从未停止的城市,江南文化在垂丝海棠的花苞间,如同露珠一般地绽放;而临北之域的坚韧与宏大,则铸就了城市的风骨。

"淮右襟喉,江南唇齿",南北交汇,此合肥也!